Léa Wiazemsky

Petit éloge des cafés

Éditions Les Pérégrines

De la même autrice

À 20 heures sur le quai, Michel Lafon, 2021

Comme si tout recommençait, Michel Lafon, 2019 ; Pocket, 2021

Le Bruit du silence, Michel Lafon, 2017 ; Pocket, 2018

Le vieux qui déjeunait seul, Michel Lafon, 2015 ; Pocket, 2017

À Gabriel et Nora.

Les cafés, les bistrots, les troquets

Depuis mon adolescence, les cafés ont toujours été une seconde maison, un refuge, une planque. J'aimais m'y retrouver en bande, seule ou avec un amoureux. Dans certains je me suis cachée pour lire, écrire ou pleurer un énième chagrin d'amour. Dans d'autres j'ai travaillé comme serveuse ou refait le monde avec les copains. Toujours ces lieux ont su m'accueillir et me protéger. Je m'y sens bien, à ma place.

Je ne sais pas ce que j'aime le plus dans les cafés : le bruit incessant et passionnant des bavardages des clients que j'écoute l'air de rien et qui m'amène souvent à rêver, celui de la vaisselle qui s'entrechoque ou de la caisse enregistreuse, ou l'odeur enivrante du café bien serré qui se mêle aux plats préparés en cuisine. Et puis il y a l'ambiance, que je pourrais nommer aussi énergie ou magie, qui est propre à chacun de ces cafés et dépend aussi bien des serveurs que de la lumière ou des habitués.

Ah, les habitués… Nous sommes une race à part. Lorsque nous arrivons dans notre café, nous sommes un peu chez nous et nous voulons que les autres, les clients de passage, le sachent. Nous connaissons les prénoms de tous ceux qui y travaillent, quelquefois nous les embrassons, nous avons notre table attitrée et nous n'avons pas besoin de commander, car ils savent ce que nous prenons. « Comme d'habitude… » Le patron et les serveurs deviennent une deuxième famille. J'ai à peine passé la porte qu'ils voient si quelque chose ne va pas et, quand il n'y a pas trop de monde, viennent s'asseoir à ma table pour tenter de me faire sourire. J'ai créé des liens très forts avec certains, qui sont aujourd'hui toujours mes amis. Avec d'autres ce fut l'histoire de quelques nuits.

C'est dans des cafés que sont nés plusieurs de mes livres, à commencer par mon premier roman. Alors que je m'ennuyais au bar du bistrot où je travaillais, j'ai imaginé qu'un vieil homme poussait la porte et qu'entre nous naissait une merveilleuse amitié : le personnage de Clément prenait vie sous mes yeux.

Fille de Régine Deforges, écrivain et première femme à avoir sa propre maison d'édition, j'ai baigné dans le monde littéraire. Pourtant, écrire une seule ligne me paraissait inconcevable ! Mais cette histoire-là, j'ai su que j'allais la raconter ; il fallait qu'elle vive. Je n'avais pas le choix.

Quelques années plus tard, lorsque j'ai discuté avec celle qui allait devenir mon éditrice de la possibilité de travailler ensemble et réfléchi à des sujets de « Petit éloge », c'est aux cafés que j'ai immédiatement pensé. Nous nous étions retrouvées, cela ne s'invente pas, au Café Tram, joli café-librairie du 5ᵉ arrondissement de Paris. Un vrai rendez-vous galant littéraire…

En pensant à tous ces lieux, j'ai le sentiment d'y avoir passé une grande partie de ma vie. Il est temps de pousser ensemble la porte de ces lieux de rencontres, de création et d'amitiés…

Les petits noms des cafés

Il existe plusieurs façons de nommer un café. Chacun donne au sien son petit nom. Mais il fut une époque où il correspondait à un lieu bien précis. Les clients n'étaient pas les mêmes dans un café, un bistrot ou un estaminet… Tous ces noms apparaissent aux XVIIIe et XIXe siècles. Ils ont pris petit à petit la place des tavernes et des auberges.

Bistrot

Personne n'arrive vraiment à se mettre d'accord sur l'origine de ce mot – ni sur son orthographe. Un bistrot, ou bistro, est un petit café, pouvant parfois offrir des services de restauration. Le Poitou revendique la paternité du mot, assurant qu'il vient de

« bistraud », un domestique ou un marchand de vin en patois poitevin. Dans le Nord, certains le rapprochent du terme « bistouille », un mélange de café et d'alcool fort. Mais il pourrait venir également de « bistingo », lieu où couchaient les bohémiens et les artistes. Ce qui est sûr, c'est que c'est au XIXe siècle que ce petit mot régionaliste apparaît à Paris, puis se diffuse dans toute la France.

La légende populaire est bien plus amusante. Elle raconte que le bistrot tient son origine du mot russe быстро (prononcez *bystro*), qui veut dire « vite » : les soldats du tsar Alexandre Ier, occupant la capitale après la chute de Napoléon lors de la bataille de Paris en 1814, criaient « *Bystro!* » aux patrons des tavernes pour être servis rapidement avant l'arrivée des gradés. Une plaque chez la Mère Catherine, à Montmartre, relaie cette fable.

Estaminet

Là aussi, l'origine du mot est incertaine. On peut le faire dériver d'*estamine* pour « étamine », une sorte de nappe qui recouvre les tables. D'autres sources lui reconnaissent une origine wallonne, le mot *stamon* désignant le poteau auquel la vache est attachée près de sa mangeoire. Dans cette hypothèse, l'estaminet aurait d'abord été une salle avec plusieurs colonnes. De là l'expression « pilier de bar » ?

En tout cas, en 1802, l'Académie française définit l'estaminet comme une « assemblée de buveurs et de fumeurs », à une époque où il était interdit de fumer dans les cafés, considérés comme plus élégants. Les estaminets étaient donc des lieux mal famés, mais l'autorisation d'y fumer fait qu'ils ont ouvert un peu partout. Ils ont rencontré un tel succès populaire que les cafés classiques ont dû se mettre à la page : la plupart ont pris le nom de « café-estaminet » et proposé deux salles, l'une pour les fumeurs et l'autre pour les non-fumeurs.

Brasserie

À l'origine c'était là que l'on fabriquait de la bière. Cette boisson s'est énormément répandue dans le pays au XIXe siècle. Pour la grande majorité, ces lieux étaient tenus par des Alsaciens. Plus tard, « faire de la brasserie » devint synonyme d'« assurer un service de restauration en continu ».

Troquet

Petit bar dont le nom vient du mot « mastroquet », qui désignait en argot un débit de boisson ou celui qui servait les ouvriers au moment de leur pause.

Rade

Dérivé du mot « radeau », le rade était, en argot, le comptoir du débit de boisson. On le retrouve dans l'expression marine « bateau en rade », qui qualifie un bateau à l'abandon ou à l'écart.

Boui-boui

Plutôt péjoratif, le terme désigne un petit café médiocre. Il pourrait venir du bressan *boui*, qui désigne le local des oies et des canards.

Cabulot

Assez péjoratif également. En Franche-Comté, il renvoie à un réduit obscur. À la fin du XIXe siècle, on l'utilise pour nommer un café plutôt mal famé, à la clientèle régulière. C'était aussi un lieu où on pouvait voir des petits spectacles.

Bar

On nomme ainsi ce long meuble qui orne tout café qui se respecte. Mais le bar est aussi un débit de boissons où l'on se tient debout au comptoir ou sur de hauts tabourets. On y boit plus qu'on n'y mange.

Café

Plus chic et mieux fréquenté que les tavernes, le café, au XVIIe siècle, désignait un lieu où l'on venait consommer du café, discuter et se détendre. Il devint très vite le point de rendez-vous des auteurs, puis des philosophes des Lumières et de tous ceux qui voulaient débattre de politique ou de littérature. Avant que le premier vrai café, Le Procope, apparaisse à Paris, il y avait dans le quartier Saint-Germain nombre de petits cafés à la mode orientale, où l'on fumait et que la bonne société ne fréquentait pas, mais qui fermeront tous assez rapidement.

Il y a plusieurs déclinaisons du café : le café littéraire, le café-concert, le café-théâtre, etc. Aujourd'hui, on compte environ 41 000 bars en France, contre 200 000 dans les années soixante…

Le Chai de l'Abbaye

Le Chai de l'Abbaye est sans doute le café qui me tient le plus à l'âme… Il fut le premier de tous, celui où j'allais, enfant, déjeuner le samedi avec mes parents. C'était notre moment tous les trois.

Situé à l'angle de la mythique rue de Buci et de la petite rue Bourbon-le-Château, ce bistrot est resté, jusqu'à récemment, un lieu simple et truffé d'habitués, dans ce quartier envahi par les touristes, les boutiques de fringues et les cafés qui se veulent *in.* Au Chai, on dînait pour pas cher de la bonne cuisine du terroir, de grands croque-monsieur sur des tartines de pain Poilâne, et les vins étaient toujours à la hauteur. Les serveurs, malgré leur tenue réglementaire, étaient plus sympas que dans les autres bistrots du coin.

Derrière son bar, le patron, avait toujours un sourire sous sa grosse moustache pour qui passait la porte.

J'aimais ces rendez-vous avec mes parents. C'était le seul troquet où l'enfant turbulente que j'étais arrivait à rester en place, car j'y avais un peu plus l'attention de mes vieux. Les nappes en papier blanc servaient de feuilles de dessins à mon père, Wiaz, qui, entre deux caricatures politique, s'en donnait à cœur joie pour nous croquer, ma mère et moi. J'ai des classeurs entiers de ces dessins, sur lesquels une tache de gras pouvait se transformer en visage. Il se servait aussi bien de son feutre que du vin ou du café pour recréer une ambiance. J'ai toujours admiré cette magie et ce talent que mon père a de saisir un moment. Ma mère riait comme une petite fille de se voir apparaître sur le papier, avec ses joues toutes rondes et ses petits yeux innocents.

Moi aussi, ça me faisait rigoler. Enfin, jusqu'à l'adolescence où, n'ayant momentanément plus beaucoup d'humour, je ne supportais pas de me voir avec les cheveux devant la tronche, le dos voûté et faisant toujours la tête ; bref, une vraie caricature d'ado. Lorsque mon père commençait à dessiner, les serveurs se regroupaient autour de lui pour commenter et admirer son coup de crayon. C'était vraiment son truc, de dessiner sur les nappes des bistrots. Lorsqu'il allait déjeuner au Bougainville avec ses collègues et amis journalistes du *Nouvel Obs*, il passait son repas, étant le dessinateur attitré du journal, à croquer tout le monde. Seule Madame Morel, derrière son comptoir, ne trouvait pas ça drôle.

C'est au Chai qu'à sept ans j'ai perdu mes illusions sur les adultes. Depuis des années, mon père m'amusait et me bluffait par ses tours de magie : il faisait disparaître les sous-bocks en carton. Je réclamais ce tour à chaque déjeuner. Un samedi, les Weber, amis de mes parents depuis toujours, se sont joints à nous, avec leurs enfants, Mathias et Clara, que je considère comme mes cousins. Bien sûr, j'ai demandé à papa de leur montrer ses talents de grand magicien. Mais pour la première fois, j'ai vu mon père rougir et perdre de sa superbe. Je me souviens encore exactement de ses mots, tant ils ont heurté mon petit cœur : « Mais ma chérie, je ne suis pas magicien, je faisais semblant… » Pour la première fois, j'ai eu honte de moi, de ma bêtise et de ma naïveté. Je suis allée pleurer mes désillusions aux toilettes et il a fallu que ma mère vienne m'y déloger. Je crois que j'ai perdu quelque chose d'important ce jour-là. J'étais entrée dans l'âge de raison.

Jusqu'à mes vingt ans, le Chai est resté pour moi un lieu familial. Puis j'ai commencé à y aller seule, ou avec mes amoureux. Le soir, le bistrot prenait une autre tournure, plus tamisée et mystérieuse. On croisait des personnages qui n'y mettaient jamais les pieds la journée – des oiseaux de nuit. Les couples, souvent illégitimes, s'y retrouvaient. On les reconnaissait à leur manière de chuchoter et de se faire du pied sous la table, tout en restant irréprochables au-dessus. Des écrivains venaient chercher l'inspiration dans la nuit de Saint-Germain-des-Prés.

J'ai eu avec certains de beaux échanges. Je me souviens de ceux, sur l'amour et ses chagrins, avec Jean-Marc Parisis. Il y avait aussi la belle et longue silhouette d'Anna Karina, qui venait s'installer en terrasse sous son chapeau de feutre. Jeune apprentie comédienne, j'admirais sa façon de parler, de bouger et de fumer sa cigarette toujours avec une grâce infinie. Même lorsqu'il était très tard, on pouvait voir débarquer Ali Akbar, le dernier vendeur de journaux à la criée. Né au Pakistan et arrivé en France par bateau, il a d'abord travaillé comme plongeur dans un restaurant de Rouen. C'est en visitant la capitale qu'il rencontre un jour un vendeur de journaux à la criée dans le Quartier latin. Une suite d'événements l'amène à être le vendeur officiel de *Charlie Hebdo* et il devient ainsi un proche de toute l'équipe du journal. Lorsqu'il sort ses mémoires en 2009, ceux-ci sont illustrés par Cabu et Wolinski. Il a travaillé cinquante ans avant de prendre sa retraite en 2021, et ses « Ça y est ! » criés dans la rue sont connus de tous. Il caricaturait pour notre plus grande joie l'actualité et les politiques. J'ai vu quelquefois des personnes qui ne le connaissaient pas croire à ses blagues et virer au rouge ou au blanc. Ali Akbar, aujourd'hui âgé de soixante-dix ans, était LA dernière vraie figure de Saint-Germain-des-Prés. Il se promène encore quelquefois dans le quartier.

Deux jours avant mes vingt-neuf ans, alors que je prenais un verre avec mon mec du moment, mes amis m'ont fait la surprise de débarquer et d'envahir la terrasse en chantant *Joyeux anniversaire* à tue-tête. Toute l'équipe du café était dans le coup !

Et puis au Chai, il y a un serveur que j'aime particulièrement, Raba. Il m'a rendu ce café encore plus familier, nécessaire par sa gentillesse et sa bienveillance. Les jours qui ont précédé la mort de ma mère, c'est au Chai que tous les soirs, avec mon père et Baptiste, mon compagnon, nous allions nous réfugier après les heures passées à l'hôpital et grignoter le peu que nous arrivions à avaler. Raba me prenait dans ses bras, ne disait rien, mais comprenait tout. Avec mon père, nous avions l'air de deux oisillons abandonnés, et c'est ce que nous étions désormais. Le soir où nous avons laissé partir maman, nous sommes retournés dans ce lieu si chargé de souvenirs, si plein d'elle et de nous. Je pouvais encore la voir fumer son cigare en buvant son mojito et sourire aux dessins de l'homme qu'elle aimait. Il allait falloir apprendre à vivre sans elle, sans ailes, et c'est au Chai de l'Abbaye et avec la bienveillance de tous les serveurs, en particulier de Raba, que nous avons commencé.

Le café, une spécificité française?

En France, les cafés ont une place centrale dans la vie des gens. Il faut dire que le bistrot à la française est unique au monde. Mais est-ce le lieu qui fait le bistrot, ou ceux qui y viennent ? Je suis portée à croire que c'est le peuple français et son art de vivre qui fait la richesses des cafés. Il y a bien sûr des bistrots dans le monde entier, mais tous ne sont qu'une pâle copie des nôtres. Les touristes qui viennent en France veulent vivre l'expérience des cafés. C'est d'ailleurs souvent l'une des premières choses qu'ils font en descendant de l'avion. Le café, le bistrot font partie de notre culture et ont cette spécificité de faire tomber toutes les barrières, notamment sociales.

Au temps des tavernes, c'était là que tout se passait, se décidait. Le bon, comme le mauvais. Les clients illustres aussi bien qu'anonymes y font l'Histoire. Il est dit que c'est au Procope que Diderot et d'Alembert eurent l'idée de leur *Encyclopédie*, que Benjamin Franklin, fraîchement débarqué des tout nouveaux États-Unis, vint préparer sa rencontre avec Louis XVI et qu'il rédigea les premières lignes de la future Constitution de son pays. Balzac n'a-t-il pas écrit « Le cabaret est le parlement du peuple » ? Les bistrots sont des lieux de rencontres indispensables où se mêlent vie privée et vie publique, un vrai bouillon de culture. Tout le monde se parle dans un troquet, même si on ne se connaît pas… surtout si on ne se connaît pas ! C'est sans doute un des espaces où les inégalités sociales ont le plus de chances de s'effacer. Il n'y a pas de classes sociales dans un café. Le patron peut discuter avec l'ouvrier, le banquier avec l'artiste. Pour la jeunesse, c'est là que l'apprentissage de la vie sociale se fait, après le collège pour les plus précoces, ou après le lycée. C'est le lieu des bons mots, des brèves de comptoir, des franches rigolades ou des bonnes engueulades.

Avant l'arrivée de la télévision, qui en a fait fermer beaucoup, chaque village, même le plus petit, possédait au moins un café. Ils pouvaient cumuler plusieurs activités, café-épicerie, café-poste, café-station-service... On y buvait, on y fumait, on y dansait, on s'y expliquait ; quelquefois on s'y battait. Ils sont un espace intermédiaire entre le travail et la maison. Là où l'on peut déposer ses problèmes et ses peines ; ses joies aussi. Un bistrot, c'est un peu une assistante sociale.

Certains veulent s'y montrer beaux, tel Tartarin qui met son plus bel habit lorsqu'il va au Cercle de Tarascon. Et d'autres y tombent amoureux, comme Marius de Fanny chez Pagnol. Je me souviens du vieux bistrotier dans le village de mes grands-parents qui avait la larme à l'œil en voyant son café presque vide. « C'est la faute à cette maudite télévision », disait-il le poing serré. Les gens préféraient rester chez eux bien au chaud avec les présentateurs des émissions qu'ils finissaient par considérer comme des membres de leur famille.

On a tous un café dans lequel on se sent bien. On a tous au cœur une anecdote ou une rencontre dans un bistrot. S'y rendre ou s'y donner rendez-vous est pour beaucoup devenu un réflexe, qui fait complètement partie de nos mœurs. Il arrive que le patron joue le rôle de confident, voire de psy. Il connaît les habitudes de chacun, sait qui doit s'arrêter au troisième verre, qui est en train de tomber amoureux. Il devient comme un parent.

Dans une salle de café, tous les détails comptent, et chacun raconte quelque chose. D'ailleurs les immortelles photos de Willy Ronis, Henri Cartier-Bresson ou Robert Doisneau nous disent une époque, une histoire, un regard. Le noir et blanc adoucit les visages. Chez Doisneau, personne ne pose vraiment, le cliché est pris sur le vif, il y a du mouvement. Il guette le petit détail, les gestes du quotidien qui parlent à chacun. Nous avons notamment grâce à lui d'incroyables photos de Simone de Beauvoir écrivant aux Deux Magots.

Aujourd'hui, ce sont des photographes comme Guillaume Blot ou Christophe Lefébure qui immortalisent les « tronches » des clients et des patrons des troquets de provinces ou de la capitale. Ils font un travail sublime et nécessaire pour la préservation de ce patrimoine, et redonnent vie aux bistrots de villages qui n'ont pas mis la clé sous la porte.

Les bistrots sont un symbole de l'art de vivre à la française, de rencontres inattendues où l'on se parle d'une table à l'autre, et de pure liberté. C'est bien pour cela qu'ils ont été attaqués lors de la terrible soirée du 13 novembre 2015. Ces lieux et leurs consommateurs sont devenus la cible de l'obscurantisme. À travers eux, c'est l'art de vivre et d'être libre à la française qu'on a cherché à atteindre. En vain ! Après l'état de sidération, nous sommes retournés dans nos chers bistrots, comme un acte de résistance, un acte de vie. Et n'est-ce pas eux qui ont le plus manqué lors des confinements de l'année 2020 ? Leur fermeture a été une perte de repère, et les réseaux sociaux de bien piètres remplaçants. Les « apéros Facetime », que nous avons presque tous pratiqués lors de cette période, avaient un fond de tristesse et d'amertume. Quelle joie ce fut de retrouver les cafés, de trinquer à nouveau les yeux dans les yeux, de pouvoir se serrer les uns contre les autres autour d'une petite table ronde !

Les premiers cafés

Je suis née à Saint-Germain-des-Prés, aussi mes premiers bistrots s'y trouvent et s'y retrouvent – j'espère qu'on me le pardonnera. Lorsque j'étais petite fille, Lurdes, ma nounou, qui a toujours une place primordiale dans ma vie, m'emmenait tous les jours, avant le parc, au café tenu par sa sœur Gorete, place Saint-Michel. Avec ses murs jaunis par le tabac, ses miroirs fumés et ses banquettes dont le cuir hésite entre le marron et le orange, La Fontaine Saint-Michel était un café typique des années soixante-dix. On m'installait pour que je dessine sur un coin de table, ou bien je jouais par terre avec Athos, le chien de Gorete : un gros bouledogue dont la bave ne me rebutait pas ! On y parlait portugais, je ne comprenais rien, mais je me sentais en famille et en sécurité. Lurdes avait du mal à me faire quitter les lieux. J'adorais cet endroit et, déjà, l'ambiance du bistrot m'était une évidence.

Après ce café de l'enfance (qui se dispute la première place avec Le Chai de l'Abbaye) est venu le café où, jeune fille, j'ai fait mes armes et pris goût à la liberté.

J'avais seize ans et je venais difficilement d'entrer en seconde au lycée Fénelon après avoir redoublé ma troisième. Oui, j'étais particulièrement mauvaise à l'école et ma découverte des bistrots n'a rien arrangé.

Jusqu'en troisième (la première), je n'avais eu qu'une amie. Mais quelle amie ! Depuis notre rencontre en petite section de maternelle, Ève et moi ne nous étions jamais quittées ni disputées. Aujourd'hui encore, il m'est impossible d'envisager la vie sans elle. Ève est ma boussole et ma bonne étoile. Mais Ève n'avait pas redoublé, elle, et j'ai bien été obligée d'aller vers les autres. C'est donc en troisième (la seconde – vous suivez ?) que j'ai eu mes premiers copains, Julie et Hedi. À l'époque, nous préférions traîner dans la rue ou les parcs plutôt que dans les cafés, mais à notre arrivée au lycée, Julie m'a présenté ses copines et, dans la bande, il y en avait une plus mature que les autres pour qui les bistrots n'avaient plus de mystères.

C'est Raphaëlle qui fut mon initiatrice et qui me fit découvrir Le Dauphin, rue de Buci, aujourd'hui disparu et remplacé par le Jade. C'était son QG et il devint le mien. Nous y allions avant, après et parfois même pendant les cours. Au Dauphin, nous nous entassions à six sur les banquettes pour quatre en cuir marron clair d'un goût franchement pas terrible, entourées des miroirs légèrement fumés qui longeaient l'allée jusqu'au bar. Pour ne pas risquer d'être vues par nos parents, susceptibles de passer à tout moment rue de Buci, nous nous installions au fond. Mais lorsque nous étions plus nombreuses, nous investissions plusieurs tables devant la vitrine et il y en avait toujours une pour faire le guet.

À l'époque, le quartier Buci avait encore un parfum d'un autre temps, celui de Saint-Germain-des-Prés où Sartre croisait Gréco qui allait danser au Tabou, rue Dauphine. Il y avait Marcel, un fleuriste de rue comme on n'en voit plus aujourd'hui. Toujours vêtu de sa longue blouse bleue, il chantonnait malgré son pied bot qui devait le faire souffrir. Chaque jour, maman lui achetait un bouquet, et lorsque c'était le printemps, mon père passait lui prendre des violettes.

Il y avait toujours un ou deux accordéonistes qui laissaient s'envoler leur musique pour donner à la rue une ambiance de bal populaire. Nous avions des airs de jeunes filles en fleur pour qui être à la page ne voulait pas dire grand-chose ; nous laissions cela à ceux qui fréquentaient le Bar du Marché, à dix pas du Dauphin sur le même trottoir. Une certaine rivalité opposait les clients de ces deux bistrots. Pour ma part, je n'aimais pas ce bar où (j'ose imaginer que cela a changé) les serveurs étaient des jeunes hommes en salopette, beaux mais particulièrement désagréables et méprisants, et où on était invité à quitter les lieux si on ne recommandait pas une boisson toutes les demi-heures. Et puis les clients, principalement des mecs de vingt-cinq piges, se la racontaient tellement que cela en devenait comique : ils étaient tous de futurs grands écrivains, scénaristes ou réalisateurs – et le disaient à qui voulait l'entendre.

Aucun garçon n'a jamais été admis dans notre antre, et pour cause : c'est là que nous nous sommes raconté nos premières fois. Lorsque l'une arrivait, sourire en coin et joues légèrement roses, en lançant un Snickers sur la table, on devinait qu'elle avait enfin vu le loup. Souvent, les confidences s'arrêtaient là, nous étions pudiques. Aussitôt, nous commandions un Coca avec cinq pailles pour fêter l'événement.

Heureusement que Philippe, Laurent et Gérald, qui tenaient le bistrot, étaient presque aussi jeunes que nous et nous aimaient bien, parce que nous pouvions y passer une journée entière en commandant un simple café. Sauf moi qui, au début de cette nouvelle vie, en avais horreur et prenais un verre de lait, toutes les autres boissons étant trop chères. Était-ce pour moi un moyen de garder un dernier lien avec l'enfance qui fuyait à grands pas ?

Le Dauphin était notre planque, nos parents ignoraient que nous nous y trouvions. Souvent je voyais la chevelure rousse de maman passer dans la rue et, de peur qu'elle me voie, j'écrasais ma cigarette. Pourtant, je sais qu'elle ne m'aurait pas grondée, mais au contraire m'aurait tendrement souri et serait peut-être venue s'asseoir avec nous. Que ne donnerais-je pour revenir vingt-cinq ans en arrière et lui crier : « Viens boire un verre avec nous, maman ! » Mais je m'égare. Seule la mère d'Anna, Michelle, savait où se trouvait sa fille, et il est souvent arrivé qu'elle appelle Le Dauphin pour lui demander de rentrer à la maison. J'entends encore la voix mi-amusée mi-désabusée de

Gérald de l'autre côté du bar : « Anna, c'est pour toi ! » Nous, ça nous faisait marrer.

Avec Raphaëlle, Anna, Mélo, Marie et Valentine, nous allions aussi au Dauphin pour faire nos devoirs. Très souvent, mes amies m'aidaient et corrigeaient mes nombreuses fautes d'orthographe sans se moquer. Une année, nous devions lire pendant les vacances *L'Écume des jours*, de Boris Vian, pour le cours de français. Je n'en avais pas lu la moitié ; cette histoire m'angoissait, m'oppressait. Vian avait bien réussi son coup, comme Chloé je me sentais étouffée par ce nénuphar. La veille de l'interro, Raph m'a retrouvée au Dauphin et m'a forcée à terminer le livre pour que je ne me retrouve pas encore avec une mauvaise note. Elle est restée plus de deux heures face à moi, dans les volutes de fumée de ses cigarettes, des JPS blanches. Dès que je relevais la tête en poussant un soupir, elle fronçait les sourcils et je replongeais illico mon nez dans le bouquin. Lorsque j'ai tourné la dernière page, j'ai vu dans ses yeux qu'elle était fière de moi. Je crois que c'est ce moment-là qui a réellement scellé notre amitié. Aujourd'hui encore, Raph reste comme la grande sœur que je ne veux pas décevoir et dont l'avis et le regard sont si importants. Et aujourd'hui encore, lorsqu'on me parle de *L'Écume des jours*, j'ai des frissons dans tout le corps. Pour rien au monde je ne relirais ce livre !

J'ai terminé une autre lecture au Dauphin, mais celle-ci a changé ma vie. À cette époque, je lisais très peu, les grands classiques me faisaient peur. Et puis… Je me revois, la tête dans les mains et mes cheveux, tel un lourd rideau devant mon visage, cachant mes larmes qui ne cessaient de couler : *Les Misérables* venaient de me faire entrer dans le monde magique de la grande littérature, où les mots et les phrases avaient un goût si particulier. La mort de Jean Valjean m'avait bouleversée, j'avais été incapable de quitter ma table tant les dernières pages avaient pris mon cœur.

Après les cours, India, Mannaig, Clémence, Julie et Lola, qui étaient dans d'autres lycées, venaient nous rejoindre au Dauphin. Alors nos rires ou nos disputes sur des sujets aussi incongrus que la mère de Louis XIV, ou bien qui d'Angélique ou de Sissi était la meilleure, prenaient toute la place et, souvent, Laurent venait gentiment nous demander de faire moins de bruit. Philippe et lui étaient d'une patience avec nous… Pendant quatre ans, ils nous ont vues presque tous les jours, et lorsqu'ils ont quitté

Le Dauphin pour ouvrir leur propre bistrot, nous avons progressivement arrêté d'y aller. Aujourd'hui, nous nous appelons entre nous les Morues et tous les ans, chez Valentine, nous organisons une grande brandade ! Lors de ces week-ends, il y a toujours une vague de notre adolescence qui nous traverse et cela nous fait un bien fou de rire comme des gamines.

C'est au Dauphin encore qu'un jour j'ai rencontré Jean. J'étais avec Ève, à qui je racontais que le mec avec qui je flirtais me laissait sans nouvelles après notre première nuit ensemble. Penchées sur mon portable, nous décortiquions et commentions mes derniers échanges de textos avec lui lorsqu'une voix grave et légèrement ironique avait prononcé ces mots : « Tu perds ton temps, il ne reviendra pas. » Nous nous sommes retournées brusquement et avons vu un homme aux cheveux et à la barbe grisonnante, qui nous regardait l'air amusé, une gitane aux coins des lèvres. J'ai pensé : « C'est qui, ce vieux con ? » Mais face à son sourire de vingt ans, je me suis radoucie.

Après l'intrusion de Jean, Ève nous a laissés en tête à tête et nous sommes restés jusqu'à la nuit à débattre de l'amour, du désir, des emmerdements des relations romantiques, du cinéma aussi, auquel il avait consacré sa vie. Jean Reznikow, dont j'apprendrais plus tard qu'il était l'un des plus grands réalisateurs de bandes-annonces, était entré dans la mienne. Il avait déjà plus de soixante ans, et pendant près de cinq années nous nous sommes vus toutes les semaines. Il était pour moi une sorte de guide et le seul adulte à qui j'osais tout raconter. Il mettait de la légèreté dans tout ce qu'il faisait et comme j'en manquais cruellement à cette époque, il m'a appris à rire de moi-même.

Je ne sais pas pourquoi nous avons arrêté de nous voir. J'étais moins dans le quartier car je suivais des cours de théâtre dans le 18e arrondissement, lui commençait une romance avec une jeune femme à peine plus âgée que moi… Et puis, en juin 2019, j'ai reçu un appel. C'était lui, il venait de me voir à la télévision, sur France 5, où je parlais de mon livre *Comme si tout recommençait*. Sa voix était celle d'un vieillard. Il m'a appris qu'il se remettait tout juste d'un cancer de la gorge. Fini les gitanes, qu'il enchaînait comme on enfile des perles ! Il voulait que je passe le voir et me présenter son amoureuse. En arrivant chez lui, j'étais terrifiée à l'idée de trouver un homme brisé, mais à part sa voix, il n'avait rien perdu de la jeunesse et de la vitalité qui m'avaient tant interpellée lors de notre première rencontre. Et sa barbe, que j'avais connue grise, était devenue noire après la chimio. Cet après-midi passé avec Jean et Jeannette (cela ne s'invente pas) a été délicieux. Ils s'étaient connus et aimés enfants, pendant la guerre, puis retrouvés plus de cinquante plus tard, veufs l'un et l'autre, pour s'aimer à nouveau. Sa vision du désir amoureux n'avait pas changé, il voulait profiter jusqu'au bout de cette seconde chance que lui donnait la vie. Trois ans après nos retrouvailles, le cancer l'emmenait pour de bon.

Les cafés de jeunesse

J'ai fait assez vite des infidélités au Dauphin. En fait, chacun de mes groupes d'amis avait son bistrot. Dès la classe de première, je me suis enfermée des heures et des heures avec Julien, Sophie et Mathilde au Latin, rue Saint-André-des-Arts, café très sombre où nous nous imaginions poètes ou écrivains perdus dans les volutes de fumée. Nous déclamions du Baudelaire ou du Gainsbourg. Je critiquais les clients pédants du Bar du Marché, mais nous nous la racontions un peu, nous aussi !

Dans ces années-là, je m'habillais d'une manière originale, avec de grands jupons blancs qui ramassaient toute la poussière de la rue, et je mettais mes cahiers dans un panier en osier. Souvent aussi, je me transformais en Rescator, grâce aux cuissardes que je piquais à ma mère et à un large chapeau en feutre déniché aux puces. Et toujours, quel que soit le temps, un profond décolleté qui laissait entrevoir mon soutien-gorge et la rose nichée entre mes seins. Bref, j'étais franchement déguisée ! Et il est arrivé plus d'une fois qu'un prof me demande de fermer un bouton de mon chemisier ou de quitter la classe. La plupart du temps, je préférais prendre la porte.

Dans les films *La Boum* ou *Le Péril jeun*e, on retrouve parfaitement cette ambiance si particulière des bandes d'élèves qui investissent les cafés, faisant fuir les autres clients, au grand dam du patron. C'est le début de la liberté, des interdits bravés et dépassés. C'est le moment où de grandes amitiés voient le jour et où les yeux timides des filles admirent secrètement le dos des garçons penchés sur un flipper. Eux ne les regardent pas encore…

Je vivais alors mon premier grand amour et me nourrissais goulûment de tout ce romantisme. J'ignorais que je n'avais plus que quelques mois d'insouciance à vivre, avant de découvrir le chagrin immense de la rupture ! Mon seul refuge a été dans les cafés. Je les ai écumées, les salles sombres des bistrots où je couchais ma détresse sur de grands cahiers noirs.

C'est dans l'une d'elles que j'ai fait une rencontre qui allait donner un peu plus de noblesse à ma tristesse. Car qu'y a-t-il de mieux que de pleurer en musique ? J'étais assise dans un coin du Fénelon, petit troquet de la place Saint-Michel où les élèves du lycée n'allaient pas – c'était pourtant l'un des moins chers du quartier. Ève venait de me rejoindre et cherchait par tous les moyens à apaiser ma peine immense d'avoir perdu le garçon que j'aimais. Pendant qu'elle me parlait et que je pleurais, rituel fort bien rodé après plusieurs semaines de pratique, la radio a passé une chanson que je ne connaissais pas mais qui m'a fait manquer une respiration et donné des frissons dans tout le corps. Aznavour chantait *Sur ma vie* et me parlait si bien de la mienne. J'ai été transportée par ses mots et sa mélodie, qui collaient parfaitement à ma mélancolie. Depuis, ce chanteur n'a cessé d'accompagner mes larmes et mes soupirs. Je n'étais décidément pas à la page : après avoir follement aimé Trenet, Piaf et Mouloudji, voilà que je tombais amoureuse de Charles Aznavour ! Je suis éternellement reconnaissante au serveur ou au patron du Fénelon d'avoir écouté Nostalgie plutôt que Radio Nova ce jour-là !

Deux autres cafés ont marqué mes années lycée.

Le Boul'mich, qui contrairement à son nom ne se trouvait pas boulevard Saint-Michel mais boulevard Saint-Germain, au bout de la rue de l'Éperon, celle de notre lycée. Lui aussi a disparu, pour faire place à un café tout rose, tout bleu, tout mignon, bref d'une triste banalité. C'est dans ce bistrot que s'organisaient les grandes manifs de cette époque, comme celle de novembre 1995 contre le plan Juppé sur les retraites et la Sécurité sociale, ou toutes les marches contre le FN. J'adorais ces moments où nous apprenions tous ensemble les slogans et où les délégués de classe, grimpés sur les tables, nous donnaient des directives. Nous chantions *Bella ciao* et *Sans la nommer* de Moustaki, convaincus, en dignes enfants de soixante-huitards, que nous allions changer le monde. Les débats étaient toujours houleux et bruyants. Je me souviens des visages dépités des serveurs lorsqu'ils nous voyaient débarquer avec nos banderoles. Mais ce café n'avait-il pas toujours reçu les vagues contestataires des étudiants ?

C'est également dans ce bistrot que j'ai eu, bien des années plus tard, mon dernier moment de profonde légèreté. Quelques minutes après avoir bu en terrasse un petit crème et fumé une délicieuse cigarette, ma vie allait basculer violemment – mais j'y reviendrai.

Le deuxième café n'existe plus aujourd'hui et il m'a été impossible d'en trouver des images sur Internet. C'était la brasserie Paoli, rue de Rivoli, devenue un magasin Yves Rocher ; tristesse… Avec mes copains, nous y allions presque tous les samedis soir pour chanter autour du piano de Fifi. La première fois que nous avons atterri là, c'était le début du printemps et nous avions au cœur cette joie pure de la jeunesse de voir les jours rallonger. Les parents nous laissaient libres de sortir le samedi soir. J'avais un peu plus de chance que les autres, puisque les miens partaient tous les week-ends à la campagne et acceptaient de me laisser seule à la maison, qui est vite devenue un haut lieu de fête.

Ce soir-là, nous errions dans le quartier des Halles sans trouver d'endroit qui nous inspire – sans compter que les patrons des bistrots, en voyant nos gueules de moineaux désargentés, prétextaient qu'ils n'avaient plus de place. Nous revenions sur nos pas pour traverser la Seine et retrouver notre petite rive gauche, où nous avions nos habitudes, lorsque des notes de piano nous ont attirés dans ce très grand café où quelques tables à peine étaient occupées par des touristes aux mines déçues. Les serveurs étaient à l'ancienne, veston et long tablier noir, nœud papillon sur une chemise blanche impeccable. Nous venions d'être projetés dans une autre époque.

Notre joyeuse bande s'est installée près du pianiste, qui avait l'air aussi triste que les airs qu'il jouait. Lequel de nous oserait lui demander un morceau sur lequel nous pourrions chanter ? Finalement, comme c'était mon idée d'entrer dans ce lieu un peu vieillot, j'ai attendu la fin du morceau pour timidement lui demander s'il avait une chanson de Trenet ou Gainsbourg ou de qui il voulait pourvu que ça se chante. Fifi nous a regardés comme si nous le tirions d'un rêve et un grand sourire a éclairé son visage poupon. Il a entonné l'air des *Copains d'abord* et nos voix ont envahi le bistrot. Tous debout autour du grand piano noir, nous chantions comme des fous. Fifi pouvait tout jouer, et déjà les touristes à leurs tables se mettaient eux aussi à reprendre en cœur les couplets, tandis que des badauds, attirés par la joie qui exhalait jusqu'à la rue, poussaient la porte du café. Le patron nous a offert une tournée pour avoir rempli ainsi son bistrot.

Nous y sommes retournés tous les samedis avec comme habitude, lorsque nous rentrions nous coucher et que nous passions devant le palais de justice, de demander une chanson aux policiers en faction, qui acceptaient la plupart du temps de nous fredonner quelques notes.

À l'arrivée des grandes vacances, nous nous sommes dit au revoir et rendez-vous à la rentrée. Quelles ne furent pas notre incrédulité et surtout notre tristesse lorsqu'en septembre nous avons découvert que le Paoli avait fermé définitivement… Je n'ai plus jamais retrouvé un tel lieu.

Petite histoire du café

Les cafés tiennent leur nom, on s'en doute, de la boisson que l'on y consomme le plus. C'est en 1669 que le café est introduit en France, à la suite de la visite de Soliman Aga, l'ambassadeur de l'Empire ottoman à la cour de Louis XIV (petite pensée pour Sami Frey, qui a sublimement incarné ce personnage dans *Angélique et le Roy*). Alors que le café connaissait un grand succès, Madame de Sévigné, une des rares personnes à en détester le goût, l'a comparé à un illustre dramaturge en déclarant : « Racine passera, comme le café. » Pas vraiment visionnaire… Très vite, cette boisson prend un caractère social, lié au partage et à l'échange des idées. Jean-Jacques Rousseau a d'ailleurs écrit dans ses *Confessions* : « Voltaire avait la réputation de boire quarante tasses de café chaque jour, pour l'aider à rester éveillé, pour penser, penser, réfléchir à la manière de lutter contre les tyrans et les imbéciles. »

La légende raconte que c'est un berger d'Abyssinie (actuelle Éthiopie) qui en découvrit les vertus en voyant ses chèvres devenir plus agitées après avoir mangé les fruits d'un arbuste. Certains ont prétendu que la boisson offerte par David à Abigaïl dans l'Ancien Testament était du café, et d'autres pensent qu'il s'agit de la substance dont parle Homère dans *L'Odyssée* sous le nom de népenthès.

Aujourd'hui, une étude biologique a montré que le café est bien originaire d'Éthiopie et qu'il serait consommé depuis la préhistoire. Ce n'est qu'au VIe siècle qu'il serait arrivé au Yémen, dans le port de Moka, et au IXe siècle, dans un ouvrage médical, que l'on en trouve une trace écrite. En Europe, il faut attendre le XVIIe siècle pour le découvrir.

Quant au premier café, ce n'est pas à Paris qu'il ouvre, mais à Marseille, en 1671 ! C'est un certain Pascal Haroukian, commerçant arménien se faisant appeler Pascali, qui crée dans le quartier de la Loge le premier établissement entièrement consacré à cette boisson aux vertus quelque peu magiques.

Les cafés et ceux qui y travaillent

Chaque café est marqué par une histoire, une grande joie ou un immense chagrin, une rencontre qui change le destin. Je les ai tant aimés ces cafés, ces bistrots, ces troquets.

Et que dire de ceux qui y travaillent… Je sais combien ce métier est dur, épuisant pour le corps, je l'ai fait pendant presque dix ans. Certes, pas tous les jours, mais très souvent pendant des mois. Le soir en rentrant chez moi j'avais du mal à tenir debout, mais j'avais au cœur un bout de tous ces sourires que j'avais fait naître au cours de la soirée.

J'ai une tendresse immense pour ces hommes et ces femmes qui servent les autres. Je crois sincèrement que c'est l'un des plus beaux métiers qui existent, malheureusement souvent ingrat et peu reconnu à sa juste valeur. Certains clients peuvent être tellement infects. J'adorais les remettre à leur place. Tant qu'ils n'avaient pas répondu à mon « Bonjour ! », je ne les servais pas !

Les garçons de café sont à eux seuls une vraie institution. Le terme viendrait des nombreux enfants de Francesco Procopio, le fondateur du Procope, qui aidaient leurs parents à faire le service et, de table en table, étaient appelés par les consommateurs *petits garçons,* puis simplement *garçons*.

Il n'y a qu'en France qu'on en trouve de pareils. Tout dans leur façon de parler, de se tenir, de regarder le client semble un jeu. Ils sont comme des comédiens qui entrent en scène, et certains sont un peu cabotins. Sartre, dans *L'Être et le Néant*, écrit que le garçon de café « joue à être garçon de café ». Je me souviens que serveuse, avant de commencer mon service, je me choisissais le personnage que je mettrais en scène toute la soirée. C'est une façon de mettre une distance entre le client et soi.

Il n'y a pas deux serveurs identiques, chacun a sa façon d'être et de vivre son métier. On en trouve des sympas, des revêches, des franchement désagréables, (je me souviens d'un serveur de La Palette, très grand et très large, une vraie armoire à glace, dont la particularité était d'hurler sur les clients – qui en redemandaient), des rêveurs qui oublient de venir prendre la commande, des relax avec qui on rit de bon cœur.

Ce métier demande au corps une certaine endurance. Être serveur ou serveuse, c'est soit commencer très tôt pour accueillir les premiers clients qui viennent dès le lever du jour prendre un petit café au comptoir, soit terminer très tard et supporter les propos souvent incohérents des derniers consommateurs imbibés d'alcool qui refusent d'aller se coucher. Sans compter les caisses de boissons à porter et le balai à passer jusque dans les moindres recoins.

Beaucoup de jeunes apprentis comédiens travaillent dans les cafés, d'où leur aisance et leur façon de prendre les choses avec plus de légèreté. Il y a une petite phrase qui revient souvent à ce sujet : « Je suis comédien. Ah oui, et dans quel café tu travailles ? » J'y ai moi-même souvent eu droit.

Comment ne pas parler des fameuses courses de garçons de café, qui voient leur origine en France au début du XXe siècle ? Les serveurs ont sur leur plateau deux verres pleins, une carafe, un café, et ils ne doivent rien renverser ! Ces courses existent encore dans de nombreuses villes françaises, telles que Limoges, Nantes, Grenoble, mais aussi dans d'autres pays comme l'Australie, la Chine ou encore les États-Unis.

Hier encore j'avais vingt ans…

J'avais un secret. J'avais un rêve. Ève était la seule à savoir. Il m'avait fallu des années pour oser en parler, même à elle.

Je voulais être comédienne.

Ce rêve me semblait fou, inaccessible, tout sauf raisonnable. Certes, j'avais passé des heures, enfant puis adolescente, à apprendre par cœur les scènes des plus grandes pièces. À les jouer sans fin devant le miroir, à créer mes costumes. Mais de là à en faire mon métier… Et pourtant.

Quand j'étais en licence d'histoire, alors que je venais d'échouer à mes partiels, un professeur m'a dit d'un ton cassant et humiliant que ma place n'était pas à la fac mais plutôt sur les planches, vu mon imagination et mon peu de respect pour les faits historiques. C'est vrai qu'à force de lire Dumas et Michel Zévaco, j'avais une fâcheuse tendance à me laisser déborder.

Je suis sortie de la salle effondrée, persuadée que ma vie était fichue, que jamais je n'accomplirais quoi que ce soit, bref, que j'étais la dernière des nulles. J'ai appelé ma mère, qui m'a dit de passer la voir à son bureau. Après m'avoir prise dans ses bras et chuchoté des mots tendres, elle m'a relevé la tête et, plongeant ses yeux dans les miens, m'a demandé quel était mon rêve, mon rêve de petite fille, celui qui se tenait caché là, au fond de ma poitrine. Le moment était venu de me jeter à l'eau. « Tu veux être comédienne ? Très bien, tu as une semaine pour trouver un cours de théâtre, un petit boulot pour le financer et surtout, pour le moment, pas à un mot à ton père ! »

Ma mère venait de me faire le plus beau des cadeaux. Elle me donnait les clés de ma vie, celles que je n'avais pas encore osé prendre. J'avais vingt-deux ans, il était temps !

J'ai trouvé dès le lendemain un cours qui acceptait de me recevoir en milieu d'année et, pour le boulot, ça tombait bien, Laurent et Philippe, du Dauphin, venaient d'ouvrir leur propre café rue de la Folie-Méricourt. J'y suis allée au culot, affirmant avec aplomb que, bien sûr, j'avais déjà travaillé dans un bistrot, que, oui, je pouvais porter plusieurs assiettes à la fois et que, non, je n'avais pas peur de finir à deux heures du matin. Ils m'ont dit de venir le soir même pour faire un essai. J'avais à peine quatre heures pour apprendre à tenir plus de deux assiettes.

Mon premier service au Troisième Bureau a été couronné de succès. Et j'ai adoré ça ! C'était comme si j'avais fait cela toute ma vie. Enfin un domaine où j'étais douée ! Il y avait une cinquantaine de couverts et souvent du monde au bar, on n'arrêtait pas. J'aimais passer de table en table avec mon plus joli sourire, échanger un mot complice avec les habitués, réciter la carte par cœur comme le plus beau des monologues. À la fermeture, lorsqu'il ne restait plus que les piliers de bar qui terminaient leur bouteille, j'aimais m'asseoir près de Philippe pendant qu'il faisait la caisse en prenant un verre et en fumant une cigarette bien méritée. La musique était un peu plus forte, et pourtant se créait dans ces moments-là une intimité et une douceur presque magiques. Malgré notre fatigue et nos yeux creusés, il est arrivé plus d'une fois que nous refassions le monde jusqu'au petit matin.

J'ai travaillé tous les soirs au Troisième Bureau pendant six mois et suivi des cours les après-midis dans une école où je n'arrivais pas à me sentir à ma place. À la rentrée de septembre, sur les conseils de mon amie Bérengère, je me suis inscrite au cours Périmony et, dès le premier jour, presque toute ma classe s'est retrouvée, sans se passer le mot, au Refuge.

Ah, Le Refuge… Il porte si bien son nom. Ç'a été pendant trois ans notre lieu, comme celui des promos qui nous ont précédés. Nous y déjeunions, y répétions, nous y embrassions, nous y disputions, et nous faisions régulièrement la fermeture. Lorsque je repense à ce bistrot de Montmartre, loin de la foule des touristes qui envahissaient la butte, je ressens encore cette vague de jeunesse qui nous enveloppait. C'est dans ce café, je crois, que j'ai été le plus jeune, le plus insouciante et le plus heureuse. Il avait gardé une âme.

Dans les cafés voisins
Nous étions quelques-uns
Qui attendions la gloire

chantait Aznavour. Nous aussi, nous espérions, nous voulions y croire. Et l'esprit de Montmartre, si propice aux artistes, nous y aidait. Nous étions des apprentis comédiens insouciants, ou cherchant à l'être. Nous refusions de penser aux tours jumelles qui venaient de s'effondrer à New York et à ce monde qui devenait de plus en plus effrayant.

Ces dernières années, Le Refuge – dont je découvre, en écrivant ce *Petit éloge*, qu'il vient de fermer – avait bien changé, il s'était mis au pas des cafés typiquement parisiens, était devenu cher et presque chic. Quand je le fréquentais, le sol était sale, les tables en bois gravées des mots de tous nos maux, les toilettes à la turque et, à part des croque-monsieur ou des œufs durs bien en évidence sur le comptoir, il n'y avait rien à manger. Il était resté dans son jus, rappelant une époque lointaine que nous cherchions à faire revivre par notre attitude désinvolte et sans peur du lendemain.

La salle du fond était naturellement réservée aux élèves de Péri (c'est ainsi que nous appelions notre maître, Jean Périmony), mais lorsque nous étions trop nombreux à répéter, nous investissions tout le café, qui résonnait alors des mots de Molière, Racine, Feydeau, Hugo... Nous montions sur les tables pour que nos voix portent plus, à la grande joie des rares touristes qui s'étaient aventurés loin de la place du Tertre et d'Étienne, le serveur, qu'on faisait bien rigoler. Nos tables étaient envahies de feuilles, de livres, de cafés et de cendriers pleins. Les toilettes au sous-sol nous servaient de vestiaire : nous y enfilions nos costumes avant de passer devant notre professeur.

Cela n'arrivait pas souvent, mais lorsque Péri passait la porte du Refuge, un silence respectueux se propageait dans nos troupes et le plus téméraire – ce ne fut jamais moi –, lui offrait un verre. Alors, nous osions nous rapprocher et nous l'écoutions avec délice nous raconter toutes sortes d'anecdotes sur le théâtre.

Péri est l'une des rencontres les plus importantes de ma vie. Il m'a fait naître une seconde fois et m'a confortée dans mon choix d'être comédienne. Le regard qu'il a posé sur moi m'a grandie. Après la messe de son enterrement à l'église de l'île Saint-Louis, nous nous sommes tous retrouvés dans le premier bistrot qui nous est tombé sous la main pour noyer notre peine et trinquer haut et fort en l'honneur de cet homme de théâtre.

Le lendemain du 21 avril 2002, quand Jacques Chirac s'est retrouvé face à Jean-Marie Le Pen au second tour des élections présidentielles, nous nous sommes réunis, anéantis, dans notre Refuge. La réalité nous a sauté à la gueule et, cette fois-ci, nous ne pouvions l'ignorer. J'ai beaucoup pris la parole ce jour-là, pour convaincre les réticents de voter Chirac et d'aller chanter *La Marseillaise* place du Trocadéro après l'appel de Jamel Debbouze.

Depuis, je suis retournée quelques fois dans ce bistrot et chaque fois la même émotion teintée de nostalgie m'a fait monter les larmes aux yeux. Je revois Alban et Ben me faire travailler le personnage d'Elvire dans *Dom Juan* pour mon audition de fin d'année, j'entends les rires ravageurs d'Alix et de Juliette, et la voix tonitruante de Romana. Dans ce bistrot qui a vu éclore nos rêves, nous étions heureux et pleins de promesses. Nous pensions naïvement que le Métier n'attendait que nous... La chute fut rude.

Nous aimons encore aujourd'hui nous retrouver, et c'est comme si rien n'avait changé, comme si le temps n'avait pas passé. Nos rires et nos blagues potaches sont restés les mêmes. Je profite de ce livre pour vous dire ma tendresse et ma joie de vous avoir toujours dans ma vie : Catherine, Inès, Alban, Toma, Juliette, Charlotte, Marion, Benoît, Thomas, Cricri, Alix, David.

Si l'on m'avait dit que, quinze ans plus tard, je me servirais de toute cette expérience pour donner des cours de théâtre, je ne l'aurais pas cru. Et bien sûr, ce fut dans un café ! Le Loulou, boulevard Saint-Michel, m'a prêté pendant un an son sous-sol pour que je puisse, tous les mardis soir, faire jouer une dizaine d'élèves. Nous avions une excuse toute trouvée, après deux heures de travail, pour aller boire des coups en terrasse. C'est aussi dans ce café qu'à deux jours du terme de ma grossesse j'ai pris mon dernier déjeuner de femme sans enfant en compagnie d'Ève. Juste avant de retrouver mon amie, j'étais allée chez l'ostéo pour qu'elle aide mon bébé à bien se placer en vue de sa naissance imminente. C'était le vendredi 13 novembre 2015… Cette nuit de malheur, j'ai supplié mon petit Gabriel de ne pas se pointer au milieu du chaos.

Les grands cafés parisiens

Dans l'imaginaire collectif, le grand café est toujours parfaitement le même. Y travaillent des serveurs impeccables, pantalon et gilet noirs, chemise blanche, nœud papillon et plateau rond, capables de retenir une commande longue comme le bras sans la noter, ayant un sens de l'équilibre incroyable, mais pouvant être particulièrement désagréables et arrogants. À leur décharge, il faut voir combien certains clients sont imbuvables !

Le grand café c'est aussi, bien sûr, la vaste terrasse habillée de ses tables rondes et de leurs chaises en rangs d'oignons, placées de telle sorte que les clients, plutôt que de se regarder dans le blanc des yeux, puissent voir et être vus ; le grand comptoir en zinc, surplombé de beaux miroirs où se reflètent les bouteilles des meilleurs alcools; les lustres majestueux qui ornent le plafond. Et toujours cette ambiance, électrique pour certains et calfeutrée pour d'autres. On aime s'y observer, souvent sans bienveillance. On y mange sur le pouce ou on rêve des heures à sa table en buvant du café. Dans un grand café, la solitude n'existe pas. Tout est spectacle; tout le monde joue un rôle fort bien rodé. Les spectateurs sont aussi les acteurs et vice versa. C'est un manège qui ne s'arrête jamais de tourner.

Dans presque toutes les villes, il y a au moins un grand café, lieu emblématique qui a son histoire et sa particularité. Paris en déborde. À eux seuls, ils racontent les grandes heures de la capitale. J'ai avec certains un lien affectif, envers les autres une forme de respect mêlé de timidité. Comment ne pas être impressionné lorsque l'on pousse la porte de La Coupole, du Procope ou des Deux Magots ?

Le Procope

Le Procope, rue de l'Ancienne Comédie, est le plus vieux café de Paris. Il donne sur un passage que j'aime particulièrement, la cour du Commerce Saint-André, plus connue sous le nom de passage

Saint-André-des-Arts, dont les gros pavés m'ont fait tomber plus d'une fois.

Le Procope fut fondé en 1689 par un jeune Sicilien, Francesco Procopio dei Coltelli, cafetier à la foire Saint-Germain. Très vite, il devint le haut lieu de rendez-vous des écrivains et des sociétaires de la Comédie Française, qui se trouvait à l'époque dans la même rue. Tant de personnalités se sont installées aux tables de ce café, pour écrire, réfléchir ou préparer la révolte...

Voltaire, Montesquieu ou encore Rousseau y trouvèrent refuge – autant de « prophètes assemblés dans l'antre du Procope qui virent au fond du noir breuvage le futur rayon de 89 », pour citer les jolis mots de l'historien Jules Michelet. La table sur laquelle écrivait Voltaire servit d'ailleurs d'autel lors du transfert de ses cendres au Panthéon en 1791.

Pendant la Révolution française, Le Procope, renommé Zoppi à la suite d'un changement de propriétaire, devint un lieu politique influent. Les Jacobins, menés par Robespierre, s'y réunissaient, ainsi que le club des Cordeliers sous l'égide de Danton et Marat. Ce dernier, qui avait son imprimerie passage Saint-André, où il tirait le quotidien *L'Ami du peuple*, y rédigeait ses articles. On imagine à quel point cela pouvait être houleux. On y croisait régulièrement le docteur Guillotin qui, par son invention, allait finir par réunir tout le monde… C'est également dans ce lieu que fut arboré pour la première fois le bonnet phrygien en 1792.

D'autres cafés sont emblématiques de cette époque où les idées révolutionnaires fusent dans tous les sens. Il n'est pas rare qu'ils aient leur propre couleur politique. Amoureuse depuis toujours de l'homme de lettres révolutionnaire Camille Desmoulins, je me dois de citer le café de Foy, au Palais-Royal, où, grimpé sur une table, il appela aux armes le 12 juillet 1789 après le renvoi du ministre Necker qui provoqua la prise de la Bastille deux jours plus tard.

Pour en revenir au Procope, les plus grands poètes du XIXe siècle s'y donnèrent rendez-vous. Musset y tint tendrement la main de Sand, tandis que, quelques années plus tard, Verlaine et Rimbaud s'y saoulèrent à l'absinthe.

Le Procope ferma en 1890, ce qui lui valut cette épitaphe d'Anatole France : « Le café Procope a disparu. Il avait beaucoup de gloire mais point d'argent. » Le lieu accueillit par la suite de nombreux établissements comme un Bouillon Chartier. Il réouvrit bien heureusement ses portes sous son nom d'origine en 1957, ce qui permit la série de photos emblématiques de Sartre, Beauvoir et Vian attablés à l'une de ses tables. Dans les années quatre-vingt-dix, le café fut entièrement restauré et ses meubles mis en vente à bas prix sur le trottoir. Mon père acheta une table en bois et se convainquit que c'était celle où Verlaine avait écrit ses plus beaux poèmes.

Le Flore

Le Flore était « la planque », comme elles aimaient l'appeler, de ma mère et de sa meilleure amie, Sonia Rykiel. Elles s'installaient toujours à la même table, à l'étage, pour s'y raconter leurs secrets, et s'y transformaient souvent en gamines insupportables, piquant des fous rires lorsqu'une personne, disons, originale passait devant elles. Ma mère adorait ce lieu, symbole de Saint-Germain-des-Prés. Il a été l'un des premiers où elle est allée rêver à toutes les promesses que lui faisait Paris. C'était la grande époque de ce quartier mythique, foisonnant de jeunesse, de talents, et de musique. Elle y croisa Gréco et Aragon avant que ce dernier, en refusant d'avouer être l'auteur du *Con d'Irène*, premier livre érotique qu'elle publia, ouvre le ballet successif des procès qu'elle subirait pendant de longues années. La guerre était finie depuis à peine dix ans, mais le besoin de vivre à tout prix persistait. Le Flore était l'image même de la vie qui renaissait et le point de rendez-vous de l'intelligentsia parisienne. On y venait pour voir et pour être vu. Ce bistrot faisait fantasmer ceux qui se rêvaient écrivains ou comédiens – je crois que c'est toujours le cas aujourd'hui. Simone Signoret a eu cette jolie phrase : « Je suis née, ou plutôt, ce que je suis aujourd'hui, c'est quelqu'un qui est né un soir de mars 1941 sur une banquette du Café de Flore. »

Le Café de Flore voit le jour sur le boulevard Saint-Germain en 1885, année de la mort de l'illustre Victor Hugo. L'établissement doit son nom à la déesse du printemps dans la mythologie romaine, Flora. Pourtant, si les arts ont depuis pris une place prépondérante dans la vie de ce café, ses débuts ont été politiquement douteux. En effet, c'est au premier étage que Henri Vaugeois et Maurice Pujo créent en 1899 l'Action française, mouvement nationaliste d'extrême droite, tandis que Charles Maurras y rédige *Au signe de Flore*, brûlot nauséabond contre les juifs et les protestants.

Bref, ce lieu n'était pas très sympathique mais, vers 1913, Guillaume Apollinaire – qui vient de publier *Alcools* au Mercure de France – commence à le fréquenter et y crée *Les Soirées de Paris*, une revue littéraire et artistique. Le Flore devient alors mythique du fait des personnalités incroyables qui s'y rencontrent. Est-ce à l'une de ses tables que le surréalisme est inventé ? J'aime à le croire, puisque l'on sait qu'André Breton et Louis Aragon étaient des habitués de sa terrasse.

Au début des années trente, on peut y croiser Georges Bataille, Raymond Queneau, Alberto Giacometti ou encore Pablo Picasso. Il devient le repère du groupe Octobre, issu de la Fédération du théâtre ouvrier de France (FTOF). On y retrouve Jacques et Pierre Prévert, Raymond Bussières, acteur génial dans *Casque d'or*, Roger Blin, acteur et metteur en scène, Sylvia Bataille, ravissante jeune première, Marcel Mouloudji et Jean-Paul Le Chanois, futur grand cinéaste très engagé politiquement. Toute cette joyeuse bande a l'habitude de se retrouver au Flore après avoir dîné au Chéramy, leur restaurant de prédilection, rue Jacob.

Serge Reggiani y rit avec Michel Simon, Marcel Carnet et Jacques Prévert s'y reconnaissent pour créer des chefs-d'œuvre, et Jean-Louis Barrault y débarque avec toute sa troupe expérimentale du Grenier des Augustins après leurs représentations.

Juste avant la guerre, le couple Sartre et Beauvoir en fait son QG. Sartre raconte qu'ils travaillaient là dès 9 heures du matin et y restaient jusqu'au soir pour recevoir leurs amis. Beauvoir décrit quant à elle dans *Mémoires d'une jeune fille rangée* sa fréquentation assidue des cafés et à quel point ceux-ci ont été au cœur de son émancipation. Elle se rend souvent au Dôme la journée et choisit plutôt Le Flore pour le soir. Avec Sartre, ils se retrouvent parfaitement dans cette passion, on les surnomme d'ailleurs les amants du Flore. Pendant la guerre, l'hiver, ils passent des journées entières dans ce café car il y fait chaud ; il y a un poêle ! Pas au Dôme. Et puis, les garçons de café du Flore, visiblement plus débrouillards ou roublards que les autres, fournissent du tabac en provenance du marché noir.

Contrairement à ce que beaucoup de personnes croient, ce n'est pas au Flore que Sartre donna sa fameuse conférence « L'existentialisme est un humanisme », mais à la Salle des centraux, dans le 8e arrondissement, pleine à craquer pour l'occasion.

Aujourd'hui encore, on peut croiser au Café de Flore ce qu'il y a de plus chic et de plus brillant, dans une convivialité déconcertante. Plus jeune, il m'est arrivé d'y aller seule et de passer des heures à observer le ballet incessant des serveurs et des clients. Il y a ceux qui se reconnaissent et se saluent, d'autres qui font semblant de ne pas se voir. Un jour, j'y ai retrouvé Jean Reznikow, qui était là, avec son meilleur ami Jean-Jacques Sempé. Nous sommes restés toute une soirée à fumer et rire tels des gosses dans la cour de récré du *Petit Nicolas*. Ces deux messieurs d'âge respectable redevenaient des gamins lorsqu'ils étaient ensemble. Les nappes en papier du Flore sont d'ailleurs illustrées des dessins de Sempé.

Quand j'avais seize ans, Sonia Rykiel et sa fille, Nathalie, m'ont proposé de défiler pour leur toute nouvelle marque, Inscription Rykiel. L'événement avait lieu au Flore ! J'étais à la fois terrifiée de tomber dans les escaliers et tellement heureuse de réaliser ce rêve de petite fille. Avec les autres jeunes femmes, parmi lesquelles Clotilde Courau dont la carrière venait de démarrer, nous allions de table en table, éclatantes de joie et de jeunesse. Quelques années plus tard, Nathalie m'a sorti la tête de l'eau. J'avais vingt et un ans, je vivais très mal mon premier chagrin d'amour, et je ne savais pas quelle direction donner à ma vie. Elle m'a invitée à déjeuner au Flore et raconté que, quand elle-même avait à peu mon âge, ma mère avait fait pareil avec elle. Cela devenait un rituel de femmes. Maman lui avait dit : « J'espère que tu as beaucoup d'amants, c'est important. »

Il n'était pas rare que je retrouve à l'étage ma mère pour déjeuner et déguster le fameux welsh rarebit – plat que mon père et son ami Robert Scippion dégustaient après leurs balades bibliophiles sur les quais. J'aimais les moments de pure complicité que nous partagions, ma mère et moi, lors de ces repas, où je lui parlais presque comme à une amie. En grandissant, j'avais arrêté de m'agacer lorsque nous étions interrompues par un lecteur hésitant ou une lectrice rougissante qui voulaient faire dédicacer un livre ou simplement dire à la femme de ma vie combien ils l'aimaient.

Un midi, alors que nous en étions au café, Fabrice Luchini s'est installé à la table voisine avec sa fille. Luchini est l'un de mes comédiens préférés – autant vous dire qu'intérieurement j'étais dans tous mes états. Ma mère, souvent dans la lune et perdue dans ses pensées, n'avait même pas remarqué sa présence. Je faisais traîner mon café pour écouter ce qu'il racontait à sa fille lorsque, soudain, il lui a demandé si elle n'avait pas une amie comédienne qui pourrait l'aider à répéter sa prochaine pièce. Sans réfléchir, avec une audace dont je ne me serais jamais crue capable, je me suis retournée et lui ai lancé : « Moi, je peux. » Il a eu l'air d'abord surpris, puis légèrement inquiet, face à cette jeune femme qui s'immisçait ainsi dans son intimité. Il a tout de même pris mon numéro, m'a dit qu'il allait réfléchir et, une semaine plus tard, nous commencions à travailler ensemble. Le génie de cet homme m'a énormément appris sur le métier de comédien.

Tout, au Flore, symbolise pour moi l'essence même du café. Tout est pensé pour qu'on ait envie d'y revenir. Du haut des escaliers, le spectacle de la salle du bas est saisissant, tant il est fidèle à l'histoire de ce café. On ne serait pas surpris de reconnaître dans cette jeune femme qui écrit un peu de Simone de Beauvoir. Et puis, il y a le prix de Flore, créé en 1994 avec Françoise Sagan pour marraine. L'auteur récompensé a le droit, pendant un an, de consommer chaque jour un pouilly fumé dans un verre gravé à son nom. C'est dire combien ce café est resté farouchement et amoureusement lié à la littérature.

Depuis la mort de maman, je n'ai pas réussi à retourner à l'intérieur du Flore, je suis restée en terrasse, entre autres pour y dédicacer mes livres lorsque je suis invitée à la librairie L'Écume des pages, juste à côté. Trop de souvenirs et de moments doux y sont gravés à jamais.

Les Deux Magots

À quelques mètres, sur le même trottoir, il y a Les Deux Magots. Ancien grand magasin de soierie (de 1873 à 1885), il tient son nom des deux figurines chinoises, des « magots », qui ornent encore un pilier du café, comme pour épier les clients.

La lingerie en soie laisse place aux liqueurs en 1885, l'année même de l'ouverture du Flore, faisant des deux cafés des concurrents tout désignés. Si, contrairement à son voisin, Les Deux Magots ne devient pas un café politique, le monde du livre y prend vite ses habitudes. Mallarmé se laisse aller à des rêveries tandis que Verlaine fait quelques petites infidélités au Procope en rêvant à Arthur Rimbaud, parti pour des contrés lointaines. De chaque table émane le doux bruit de la plume qui crisse sur le papier. Dans les années vingt, on y croise de nombreux surréalistes, puis en 1933 (année où André Malraux reçoit le prix Goncourt pour *La Condition humaine*), ceux-ci décident de créer leur propre prix littéraire, le Goncourt leur paraissant trop « académique » – manière élégante de dire qu'il se la raconte. Robert Desnos, Yves Klein et Georges Bataille, pour ne citer qu'eux, figurent dans le jury du prix des Deux Magots à sa création. Le prix est aujourd'hui doté par le propriétaire du café, mais à l'époque ce sont les clients qui mettent la main à la poche afin de réunir 1 300 francs pour l'heureux lauréat. C'est Raymond Queneau qui en est le tout premier récipiendaire, pour *Le Chiendent.* Au début de la guerre, le prix n'est pas décerné, mais en 1941, il est remis à un collabo notoire du nom de Jean-Marie Aimot. On se rattrape en 1942 en l'octroyant à Olivier Séchan, futur père du chanteur Renaud. Je ne vais pas insister sur le fait qu'en quatre-vingt-dix ans seules douze femmes ont reçu ce prix… Parmi elles, Dominique Aury, alias Pauline Réage, pour *Histoire d'O* en 1955 ; elle permit à ma mère de se libérer et de devenir écrivain. De leur belle amitié est né leur livre d'entretiens, *O m'a dit.*

Malgré les années, Les Deux Magots et le Café de Flore sont restés poétiquement en concurrence. Nombre d'artistes fréquentaient les deux, mais d'autres restaient farouchement fidèles à l'un ou à l'autre. Boris Vian, ardent défenseur du Flore, raconte dans son *Manuel de Saint-Germain-des-Prés* une anecdote que lui a rapportée Sartre : « On allait si peu aux Deux Magots qu'un jour on a rencontré deux couples du Flore, scindés, qui se trompaient aux Deux Magots. »

Il se disait qu'au Flore on croisait la jeunesse littéraire, aux Deux Magots les vieux littérateurs, et chez Lipp les politiques.

La brasserie Lipp

Lorsqu'on traverse le boulevard, on ne peut ignorer la brasserie Lipp, dont la grosse chope de bière désuète ne reflète en rien l'intérieur du lieu, décoré par les magnifiques céramiques murales de Léon Fargue, père du poète.

C'est en 1880 que, ayant fui l'Alsace devenue allemande, Léonard Lipp pose ses valises à Paris et crée cette brasserie typiquement alsacienne où l'on mange de la choucroute arrosée de bière. Ce lieu, qui connaît un succès immédiat, s'appelle à l'origine la brasserie des Bords du Rhin, puis devient en 1914, germanophobie oblige, la brasserie des Bords.

Contrairement à ses deux copains d'en face, qui ont une clientèle plutôt artistique, on croise encore aujourd'hui chez Lipp, en plus des plus grands comédiens, chanteurs ou écrivains, des hommes politiques de tous bords lisant minutieusement le menu, qui n'a pas changé depuis les années trente. Après tout, Lipp est parfaitement à mi-chemin entre le Sénat et l'Assemblée nationale…

Ma mère, qui y avait sa table, disait que chez Lipp on n'était jamais seul, car tout le monde se connaissait. J'ai eu depuis toute petite la chance d'y aller très souvent, et il n'était pas rare que je m'endorme sur une des banquettes lorsque mes parents y dînaient.

Quelques mois avant la mort de François Mitterrand, nous avons déjeuné à deux tables de lui et de sa fille Mazarine, dont la France venait d'apprendre l'existence. Je vouais à cette époque-là une admiration sans borne à l'ancien président et j'ai supplié ma mère de me le présenter. Je me souviens de ma fierté de lui serrer la main, et de mon pincement au cœur en la découvrant si fragile dans la mienne.

La Closerie des Lilas

Tous les grands cafés parisiens ne sont pas à Saint-Germain-des-Prés, un certain nombre se trouvent un peu plus au sud, boulevard du Montparnasse : la Closerie des Lilas, Le Select, La Rotonde, Le Dôme, La Coupole...

La Closerie des Lilas était à l'origine un relais de poste sur la route de Fontainebleau. C'est là que le maréchal Ney, prince de la Moskova, fut fusillé à l'aube, le 7 décembre 1815, après avoir crié, dit-on: « Soldats, visez au cœur ! » Une magnifique statue le représentant le sabre au clair, œuvre de François Rude, fut élevée à cet emplacement.

Au début des années 1860, La Closerie, comme les habitués aiment à l'appeler, devient le lieu de rencontre d'un groupe de peintres, les Intransigeants, parmi lesquels on compte de jeunes artistes comme Auguste Renoir, Claude Monet, Alfred Sisley et Camille Pissarro, qui deviendront les impressionnistes. Ils y croisent Émile Zola, Théophile Gautier, Charles Baudelaire, ainsi que Jules et Edmond de Goncourt. Plus tard, les grands hommes du début du XXe siècles viennent y boire, dîner, créer de nouveaux chefs-d'œuvre ou disputer des parties d'échecs endiablées, comme le poète Paul Fort avec le jeune Lénine. Les Américains investissent aussi les lieux et La Closerie devient un incontournable de la nuit parisienne. Fitzgerald y fait lire son manuscrit de *Gatsby le Magnifique* à son ami Hemingway. La grande époque du quartier Montparnasse bat son plein. André Breton, Louis Aragon, Amedeo Modigliani, Pablo Picasso, Jean Cocteau, Max Jacob et tant d'autres ont poussé les grandes portes de La Closerie. Les soirées étaient parfois agitées, les cubistes et les dadaïstes, souvent en désaccord, pouvant en venir aux mains. Malgré les années, ce café semble ne pas avoir bougé, il reste joyeux, chic et à la mode. On peut y ressentir une vague de nostalgie mêlée de douceur, et il n'y a qu'à fermer les yeux pour revoir le plus beau coup de foudre du cinéma : celui de Philippe Noiret pour Romy Schneider dans *Le Vieux Fusil*, dont la scène mythique est filmée à La Closerie.

Pour fêter nos vingt ans d'amitié – nous en avions vingt-trois –, Ève et moi avons voulu faire les choses en grand. Nous avons économisé pendant plusieurs mois afin de nous inviter mutuellement à la Closerie des Lilas. Nous nous étions faites belles, tentant de paraître plus vieilles pour déjouer les serveurs, qui semblaient plutôt attendris devant ces deux gamines n'y connaissant rien en vins. Ç'a été un dîner de fête, pendant lequel nous avons renouvelé nos vœux et trinqué aux vingt prochaines années.

C'est également à La Closerie que j'ai déjeuné pour la dernière fois avec mon parrain Henri Weber, quelques mois avant que le Covid ne l'emporte. Il m'avait parlé de sa jeunesse, de ses combats, de l'importance d'aimer la vie coûte que coûte malgré les coups terribles qu'elle pouvait donner. Nous avions évoqué, émus, le jour où il m'avait demandé si j'accepterais qu'il soit mon parrain – le premier, le génial dessinateur Reiser, étant mort avant mes cinq ans. Avec Henri, Fabienne et leurs enfants, nous étions au Maroc ; ils m'avaient emmenée comme leur cinquième enfant. Un soir, alors que nous admirions le ciel sur les hauteurs de l'Atlas, Henri avait pris ma petite main et m'avait fait cette demande qui me faisait officiellement entrer dans cette famille que je considérais déjà comme la mienne. À la fin de notre déjeuner à La Closerie, nous avions levé nos verres à l'avenir. Il me semble entendre encore son rire que j'aimais tant…

Un joli prix littéraire est créé en 2007 au nom de la Closerie des Lilas. Constitué d'un jury exclusivement féminin, il couronne chaque année une romancière. La fête qui s'ensuit est toujours joyeusement réussie.

Pour clore le chapitre de La Closerie, je ne peux résister à citer la si jolie chanson de Renaud, *À la Close* :

> Dans ce bar parisien au cœur de Montparnasse
> Que l'on appelle aussi Closerie des Lilas
> J'ai mon coin réservé, j'ai ma petite place

Dans le calme, le silence ou bien le brouhaha
Et je noircis des pages de rimes et de prose
À la Close, à la Close

Dans ce décor de cuir, de cuivre et d'acajou
Sous les lampes vieillottes, cette douce pénombre
Je regarde passer les bourgeois, les voyous
Et puis les écrivains et les femmes du monde
Ce monde qui défile qui s'abreuve et qui pose
À la Close, à la Close

La Coupole

Si l'on reste dans ce mythique quartier Montparnasse, comment ne pas parler de La Coupole ! Construit sur un ancien entrepôt de bois et de charbon, ce lieu est devenu l'une des plus grandes brasseries de la capitale – le secret désir de son fondateur, Ernest Fraux, étant d'éclipser Le Dôme, à moins de cinquante pas. Son inauguration eut lieu le 20 décembre 1927. Cette date fut choisie parce que « le vingt dissipe la tristesse », bon mot du critique culinaire Curnonsky. La fête fut mémorable et les 1 500 bouteilles de champagne ne suffirent pas à étancher la soif des 2 500 invités…

Ce qui fait avant tout la légende de ce lieu, c'est son architecture et sa décoration. Fraux fait appel aux plus grands : Barillet, Lebouc et Solvet père et fils s'emparent du chantier, aussi grand qu'un hall de gare, supporté par trente-trois piliers qui deviendront des œuvres d'art lorsque d'immenses artistes tels que Marie Vassilieff, Henri Matisse, Fernand Léger ou Moïse Kisling y peindront des fresques sublimes, rendant ainsi chaque colonne unique. Près de 400 personnes travaillent à la Coupole, servant sans discontinuer d'illustres clients : Elsa Triolet y rencontre Louis Aragon, Cocteau y admire les beaux yeux de Radiguet, Man Ray y emmène dîner Kiki, son modèle. Et puis, il y a Dalí, Picasso, Sartre, Beauvoir, Colette, Kessel ou encore Hemingway, qui s'en sert pour décrire l'esprit de la capitale dans *Paris est une fête*. Simenon, de son côté, y installe le décor dans lequel son fameux commissaire mène l'enquête dans *La Tête d'un homme*.

Au sous-sol, il y a le légendaire dancing où Joséphine Baker s'est produite. J'ai découvert ce lieu vers vingt ans, grâce à Kiva qui aimait y réunir ses amies. Le café, étrangement, n'était pas cher, et il était servi avec deux fines tranches de cake absolument délicieuses. Tout le décorum me faisait rêver. Je ne pouvais m'empêcher de penser au film *La Boum*, dans lequel Vic et son arrière-grand-mère, Poupette, vont dîner dans cette brasserie et papotent comme deux vieilles copines.

Fumée

À l'époque où, adolescente, je me suis découvert cet amour pour les cafés, il y régnait une joie profonde, une insouciance que je peine à retrouver aujourd'hui. Est-ce notre époque qui alourdit tout ou ai-je simplement vieilli ? Les deux, je crois…

Et puis, il y avait la cigarette… Ah, la cigarette ! Comme j'ai aimé ces soirées interminables où, entre amis ou avec des inconnus, nous débattions pendant des heures, enveloppés de fumée, les cendriers débordants. Bien sûr, ce n'est plus du tout à la mode de fumer – d'ailleurs j'ai moi-même arrêté –, et il ne viendrait à l'idée de personne, aujourd'hui, d'allumer une cigarette à l'intérieur d'un bistrot. Cela paraît fou de se dire qu'entre l'entrée et le plat il n'était pas rare d'allumer une cigarette sans vraiment se soucier de son voisin. La cigarette et le café ont longtemps été associés dans l'imaginaire collectif. Cette relation est vieille de plusieurs siècles, puisque c'est justement dans les café qu'on pouvait fumer en toute liberté.

À Houdan, où mes parents avaient leur maison, il y a le Café de la Paroisse, sur la place d'une magnifique église, unique en France, car sur son fronton est inscrite une formule révolutionnaire que l'on doit à Robespierre : « Le peuple français reconnoît l'existence de l'être suprême et de l'immortalité de l'âme. » Cela mettait mes parents en joie. Ma mère, voyant que la peinture s'effaçait, s'est battue pour que le fronton soit restauré par la mairie.

Chaque dimanche matin, après les courses, mes parents retrouvaient leurs amis au Café de la Paroisse, toujours en terrasse, car l'intérieur du bistrot était sombre comme l'étaient sans doute les tavernes d'antan. Ils commentaient de manière complètement infantile ceux qui sortaient de la messe, tandis que la serveuse, Maryline, passait entre les tables, daignant parfois nous offrir un sourire.

C'est au Café de la Paroisse que, le 31 décembre 2007, j'ai fumé pour la dernière fois à l'intérieur d'un bistrot, avec ma bande de potes venus fêter le jour de l'an chez mes parents. Nous fumions tous à l'époque et nous nous en étions donné à cœur joie, histoire de bien marquer le coup.

Je me souviens de la une de *Libé*, qui titrait « Feu les fumeurs » (je l'ai toujours) et de ce sentiment de privation de liberté. À chaque page, un jeu de mots : « Garçon, un bol d'air ! » ou « Dernière bouffée d'angoisse ». Un journaliste donnait la parole à un bistrotier de Lyon qui proposait à ses clients « d'entrer en résistance ». Le 1er janvier 2008, lorsque la France s'est réveillée non fumeuse, beaucoup ont crié victoire contre le tabagisme passif, mais les bar-tabac ont fait grise mine et se sont inquiétés pour leur avenir. Depuis, les sols des cafés ne sont plus jonchés de vieux mégots et les murs ont perdu leur fameuse couleur nicotine. Les comptoirs ont été délaissés pour la terrasse, devenue la reine du rendez-vous des clopeurs. Ceux-ci, confortablement assis sur une chaise colorée Drucker, créateur de chaises de bistrot depuis 1885, n'envisagent pas de boire un café ou un demi sans leur tige. Le problème est le même lorsque vous faites une fête chez vous, où la cuisine vire vite au coin fumeurs… Elle devient le lieu le plus sympa et l'on s'y entasse joyeusement dans la fumée.

Dame Guitaut

À ma naissance, ma mère m'a choisi, parmi ses amies, une marraine au nom d'héroïne de roman. Jacqueline de Guitaut, que maman a toujours appelée Dame Guitaut et moi Guitaut, est encore aujourd'hui l'une des femmes les plus élégantes de Paris. Elle m'a fait découvrir à cinq ans l'opéra avec Don Carlos, les ballets, le cinéma, elle m'a appris à me coiffer, m'habiller et me tenir. Enfant, je n'étais sage qu'avec elle. En même temps, lorsqu'une fois par mois je passais un week-end chez elle, elle me foutait une paix royale, me laissant jouer dans son immense dressing avec tous ses bijoux et ses foulards.

C'est avec elle que j'ai découvert très tôt les bars de théâtre. Les soirs de sorties étaient toujours une fête. Tout était parfaitement rodé : nous arrivions en avance pour aller prendre un verre avant la représentation et grignoter un œuf dur au comptoir, elle debout, moi sur un tabouret pour être à bonne hauteur. Pendant l'entracte, Guitaut arrivait, avec une audace qui m'a toujours fascinée, à passer devant tout le monde sans que personne ose rien dire, afin de commander au bar du théâtre ou de l'opéra une coupe de champagne pour elle et une glace pour moi. Lorsque je fus en âge de sortir, nous allions à la fin de la représentation attendre les artistes dans le café qui dépendait naturellement du théâtre. Ma vocation de comédienne est-elle née à cette époque-là ? Sans doute… J'adorais ces soirées au milieu de tous ceux qui venaient de me faire rêver. Guitaut les connaissait tous et, à force de la voir venir les applaudir, eux aussi la reconnaissaient et la saluaient.

Au Nemours, place Colette, qui est un peu l'annexe de la Comédie française, on lui trouvait une table même lorsque tout était plein. Et quand nous allions aux théâtres du Châtelet ou de la Ville, les serveurs du bistrot Au Vieux Châtelet l'accueillaient comme une reine.

Devenue comédienne, j'ai toujours mis un point d'honneur à sortir au café après avoir joué. J'aimais ces moments où nous nous retrouvions avec la troupe survoltée d'avoir donné tant d'énergie. La tension disparaissait dans les rires et les verres.

Les grands cafés de France

Paris n'a pas le monopole des grands cafés. Chaque ville a les siens, ses lieux incontournables où se rencontrent les anonymes et les figures qui ont marqué l'histoire. Je ne vais évidemment pas tous les citer, mais raconter ceux dont l'histoire me parle le plus.

À Bordeaux, en 1890, ouvre le premier bar de la ville : le Grand Bar Castan, du nom de son fondateur Jean-René Castan, ancien capitaine de corvette et négociant en épices. En 1900, il confie à André Tournier le soin de créer le décor : une rocaille recouvre les murs du bistrot et on se retrouve comme dans une grotte. Ma mère était amusée par ce lieu qui la plongeait dans une autre époque. Aussi m'y a-t-elle emmenée un soir, après le festival L'Escale du livre. J'étais en plein chagrin d'amour (le troisième, je crois) et tout était propice à me mettre en colère ou à me faire fondre en larmes. C'est dans ce bar que j'ai été prise de furie et que j'ai reproché à ma mère tout ce que j'avais gardé bien caché au fond de mon cœur pendant des années. Histoire d'asseoir ma rage, j'ai même dégainé, provocante, une cigarette, lui annonçant ainsi que je fumais ! Nous avons toutes les deux terminé en larmes, dans les bras l'une de l'autre, sous le regard gêné des autres clients.

Le sublime café Les Deux Garçons, à Aix-en-Provence, est situé cours Mirabeau, au rez-de-chaussée de l'hôtel de Gantès, construit en 1660 à la place de l'auberge Le Cheval Blanc. Au XVIIIe siècle, l'hôtel est racheté à la famille de Gantès par M. Guion, qui y installe un cercle réservé à la haute bourgeoisie et à la noblesse de la ville. Après 1789, M. Guérin rachète le bail et crée le Café Julien. Enfin, en 1840, M. Guidoni et Guérini, deux garçons de café, rebaptisent le lieu Les Deux Garçons. Coïncidence amusante qui vous aura peut-être sauté aux yeux : tous les propriétaires successifs ont un nom qui commence par la lettre G, comme « garçons » !

Paul Cézanne, entre deux toiles de la montagne Sainte-Victoire, se rendait souvent aux Deux Garçons, ainsi que Raimu, ou encore Cocteau et Picasso, ce dernier possédant le château de Vauvenargues, à quelques kilomètres d'Aix.

J'ai découvert ce lieu avec ma mère, alors que nous visitions Aix et Marseille dans l'entre deux-tours de la terrible présidentielle de 2002. À force de manifester pendant plusieurs jours contre le FN, j'étais devenue complètement aphone et il m'a été difficile, dans le brouhaha de la brasserie, de me faire comprendre par les serveurs.

Aux 2G, comme on l'appelle, on avait l'impression de remonter le temps jusqu'au début du XXe siècle : l'alignement des tables, toutes recouvertes d'une nappe blanche immaculée qui ne présentait aucun pli, les lustres un peu partout qui se mariaient si joliment aux moulures, les serveurs impeccables jouant habilement du plateau pour passer entre les tables. J'ai tellement aimé ce lieu que j'en ai fait le décor d'une scène de mon premier roman, *Le Vieux qui déjeunait seul.*

Aujourd'hui, Les Deux Garçons est temporairement fermé à la suite d'un terrible incendie, survenu en 2019, qui a quasiment tout détruit des plus beaux ornements de ce lieu historique.

À Lyon, au cœur de la Presqu'île, entre l'hôtel de ville et la place Bellecour, se trouve sans doute l'un des plus beaux cafés de France : le Grand Café des Négociants qui, depuis 1864, n'a rien perdu de sa grandeur. Il est d'ailleurs classé au patrimoine mondial de l'Unesco. Tout le style Second Empire est concentré dans cet écrin : les lourdes et somptueuses tentures, les miroirs qui se perdent à l'infini, les banquettes de velours qui appellent au marivaudage. À l'époque, c'était le lieu des soyeux et des diamantaires qui venaient y conclure leurs affaires et utilisaient les nombreuses glaces pour communiquer discrètement par signes. Le bar Belle Époque est impressionnant.

Bien qu'il ait été principalement un café d'hommes, je ne peux m'empêcher, chaque fois que j'en pousse timidement les portes, d'imaginer le froissement des robes en soie…

Sur la si jolie place du Capitole, à Toulouse, se trouve le café Bibent, vraisemblablement le plus vieux café de la ville rose (il a ouvert en 1843) et l'un des premiers de France à avoir proposé de la bière à la pression. *Le Journal de Toulouse*, dans son édition du 16 janvier 1861, s'émerveille de cette machine révolutionnaire qui va changer la vie des consommateurs de bière: « Un appareil très ingénieux fonctionne au café Bibent. À l'aide d'une machine à air comprimé communiquant avec des tuyaux adaptés à des tonneaux, la bière arrive des caves, fraîche, limpide et débarrassée de tous les détritus qui d'ordinaire en altèrent la qualité... La bière est servie au fur et à mesure des demandes. Un élégant buffet en acajou, muni de robinets où viennent se souder les conduits pneumatiques, est placé auprès du comptoir du café. »

La salle immense de ce lieu où résonnent mille conversations porte à rêver. Il n'y a qu'à lever les yeux pour être happé par les peintures des plafonds.

C'est dans ce café qu'à la fin du XIXe siècle Jean Jaurès, alors conseiller municipal, rédigeait ses articles pour le journal *La Dépêche*. Quelques années plus tard, début 1914, trois étudiants serbes affiliés à la société secrète La Main noire se retrouvent à la terrasse du Bibent pour échafauder l'assassinat de l'archiduc d'Autriche à Sarajevo, qui déclenchera la Première Guerre mondiale. Jaurès, devenu entre-temps député du Tarn, les a-t-il croisés lorsqu'il retournait à Toulouse ?

Quoi qu'il en soit, c'est dans un autre café, à Paris, que son pacifisme lui vaudra d'être assassiné... Le

31 juillet 1914, en fin de journée, il se rend au siège de son journal, *L'Humanité*, mais avant de rédiger son article de mobilisation anti-guerre, il sort dîner avec certains de ses collaborateurs au café du Croissant, rue Montmartre. Un jeune homme, qui a repéré ses habitudes, l'observe depuis la rue. Il a vingt-neuf ans et porte bien son nom : Raoul Villain. Jaurès commande à Raymond, le serveur, une pêche au kirsch. Il est 21 h 40. Villain sort son revolver Smith & Wesson et tire deux balles sur l'humaniste, qui sera touché mortellement à la tête.

Les frères Péano ouvrent à Marseille, dans les années 1920, le bar Péano, à l'angle du cours d'Estienne d'Orves et de la rue Fortia. Les journalistes des deux grands quotidiens régionaux de l'époque, *Le Petit Provençal* et *Le Petit Marseillais*, dont les bureaux sont voisins, viennent y débattre de l'actualité. Ce lieu, rendu célèbre par la trilogie *Fabio Montale* de Jean-Claude Izzo, attire également les artistes, et particulièrement les peintres. Antoine Serra et Pierre Ambrogiani y rêvent leurs premières toiles, tandis que Moïse Kisling y fait des infidélités à Montparnasse. Tout ce beau monde artistique est dispersé pendant la Seconde Guerre mondiale,

Kisling réussissant à fuir aux États-Unis et Serra devant se cacher de la Gestapo.

En 1959, la télévision est venue filmer les habitués du Péano prenant leur apéritif. On peut retrouver ces joyeuses images sur le site de l'Ina.

Le café des vacances

En vacances, on peut s'autoriser à traîner beaucoup plus longtemps au bistrot sans culpabilité, idéalement en terrasse tel un lézard au soleil. Toutes les excuses sont bonnes : le petit café avant d'aller au marché, le verre de blanc avec les amis après le marché, l'apéro du soir en revenant de la plage, les débats qui s'éternisent, dégénèrent – car, justement, on est en vacances – et se terminent tout naturellement, quand on se prend dans les bras, légèrement ivres et pleins d'amour. On se découvre des habitudes, et comme on revient tous les jours, on fraternise avec les serveurs et les clients. On a tous en mémoire un Bar de la Plage ou des Pêcheurs, un Café de la Mairie, des Frères de la Côte, du Port ou de la Poste, qui nous transporte dans de jolis souvenirs de vacances. Le mien s'appelle le Café du Commerce.

On n'est pas sérieux quand on a dix-sept ans… C'est quand j'avais cet âge que le Café du Commerce d'Ars-en-Ré est devenu ma planque. Depuis petite, j'allais avec mes parents déjeuner ou dîner dans ce grand café vert et blanc, symbole des vacances. Le rituel voulait que nous nous y rendions à peine les valises posées. Pierre Ollivier, le patron, nous accueillait comme de vieux copains. Il nous trouvait toujours de la place, même lorsque tout était plein.

Ce bistrot a une âme très particulière, à la fois douce et brutale, que je ne saurais expliquer. On y croise des pêcheurs, des Casserons (les habitants d'Ars, dont le surnom vient des petites seiches qui peuplaient autrefois les eaux du port), des vacanciers et des célébrités cherchant à passer incognito. Si les deux terrasses, avec vue magnifique sur la baie du Fier, sont assez classiques, la décoration intérieure est unique en son genre et nous fait basculer dans un autre univers, loin des stéréotypes des bistrots français : on se retrouve dans un saloon, où l'on s'attend presque à voir débarquer des cow-boys faisant claquer leurs éperons sur le sol. D'immenses avirons en bois ornent le plafond ;

le comptoir, imposant et superbe, vient de Boston et date de 1900 ; les deux miroirs, eux, arrivent tout droit d'un vieux *western saloon* d'El Paso, au Texas. Pierre, qui a rapporté tout cela des États-Unis lorsqu'il a repris le lieu en 1983, peut même vous montrer la balle de revolver encore logée dans le verre. Mais on se rend vite compte que l'île de Ré est également présente dans un foisonnement de détails, comme les marines ou les photos de marins recouvrant les murs, les maquettes de bateaux, une immense hélice en bois et une sculpture d'un pêcheur trônant sur le bar. La carte reflète bien les deux univers : classiques américain et français se mélangent.

Avant Pierre Ollivier, le café, bien plus petit, appartenait au comédien Alfred Adam, ancien élève de Louis Jouvet au Conservatoire national supérieur d'art dramatique et parrain de l'immense chef d'orchestre Jean-Claude Casadesus. Ce dernier vient toujours les soirs d'été y boire un verre avec ses amis. Il a par deux fois donné de jolis coups d'ailes à ma vie. J'y reviendrai…

Lorsqu'Alfred Adam tenait le café, la petite gare d'Ars, juste en face, était encore en fonction et les vacanciers avaient pour habitude de venir déguster d'incroyables pains bagnats.

À dix-sept ans donc, pour fumer sans que mes parents le sachent, j'allais me cacher au Café du Commerce, où les serveurs sont très vite devenus des copains et des confidents. Je m'installais dans le coin le plus sombre pour lire, rêver et écrire de longues lettres à mes amies. Certains matins, j'allais prendre un café avec la vraie star du lieu, Christian Casadesus, l'oncle de Jean-Claude, qui nous recevait à sa table à tour de rôle. Toujours vêtu de son éternelle veste bleue d'ouvrier et de son jean un peu large, Christian me parlait de théâtre et de cinéma. Il avait mille anecdotes incroyables à raconter : il avait été élève de Louis Jouvet au Conservatoire, connaissait tous les classiques par cœur, il avait même dirigé, après la guerre, un club de jazz dans le 6e arrondissement de Paris, le Club Saint-Germain, animé par Juliette Gréco et Boris Vian. Après ses rendez-vous, même à quatre-vingt-dix-huit ans, il quittait Le Commerce à bicyclette ! J'avais une immense tendresse pour cet homme.

Après avoir été la planque où je me cachais de mes parents, le Café du Commerce est devenu mon refuge. Pendant plusieurs étés, une fille bien plus implantée que moi dans le village a décidé de me mettre au pilori car j'avais eu le malheur d'avoir une petite histoire avec son mec, bien avant qu'elle ne le rencontre. Pour me discréditer aux yeux des autres jeunes du village, elle a raconté à mon propos des choses fausses et ignobles, et fait en sorte que plus personne ne me parle. Elle passait souvent devant moi en voiture avec sa bande de potes, et tous me montraient du doigt en me lançant des insultes. Des mots dégueulasses ont même été écrits sur le mur en face de la maison que mes parents louaient. Cela relevait, je m'en rends compte aujourd'hui, du harcèlement, et je réalise à quel point ç'aurait été pire si les réseaux sociaux avaient existé à ce moment-là. Aucun adulte, pendant toutes ces années, n'a vu ou voulu voir mon teint blême et mes yeux rouges. Il n'y a qu'au Commerce que j'ai trouvé du réconfort. Les serveurs lavaient ma honte et parvenaient à me faire sourire. Au bout de quatre étés de cauchemar, Jean-Claude Casadesus a élevé la voix et est allé parler à cette fille, mettant un terme à ses intimidations. Un ou deux ans plus tard, elle est venue me présenter ses excuses. Mais rien ne me rendra ces étés perdus…

Heureusement, il y a eu malgré tout du beau durant ces vacances.

En 1998, à peine sortie de mon premier chagrin d'amour, je suis arrivée le cœur en vrac et persuadée, comme on l'est à cet âge, que je ne retomberais plus jamais amoureuse. Cela ne m'a pas empêchée de célébrer au Commerce la victoire magnifique et historique de la France à la Coupe du monde de foot. J'ai passé la nuit à chanter et danser avec l'équipe du café et me suis réveillée le lendemain la voix cassée avec un mal de gorge terrible.

Maman m'emmène à la pharmacie et, dans la queue, attend une dame – Pénélope deviendra plus tard une de mes grandes amies – accompagnée du plus beau mec qu'il m'ait été donné de voir. Pendant que la dame, dont j'apprendrai qu'elle est la tante de l'Apollon, et ma mère passent leurs commandes, lui et moi nous regardons, nous mangeons des yeux, devrais-je dire. J'ai le cœur qui bat fort et une sensation à la fois délicieuse et douloureuse dans le ventre ; je vis mon premier coup de foudre. Le garçon part le premier, en se retournant plusieurs fois. Je suis renversée. Il faut que je le revoie. Le soir, mes parents organisent un grand dîner et je passe dire bonsoir avant de sortir pour rejoindre mes copines. Jean-Claude Casadesus, que je connais très peu à l'époque, a un sourire goguenard et lance à la volée : « Alors, c'est toi qui as fait perdre la tête à mon neveu, ce matin ! » Ce n'est pas une question. Je deviens rouge et reste sans voix. Il ajoute avec un clin d'œil : « Il est au Commerce avec mon fils… » Je saute sur mon vélo. La terrasse est bondée, je me faufile entre les tables. Il se lève en me voyant, encore plus beau, ses boucles noires tombant sur ses épaules. Je ne vois même pas le corset qui lui maintient tout le torse – j'ai su plus tard qu'il avait fait une chute terrible quelques mois plus tôt. Sans un mot, il prend ma main et m'emmène loin de la foule.

C'est l'un des plus beaux baisers que j'ai reçus. Un peu comme au cinéma. Nous sommes revenus nous asseoir sous l'œil amusé des serveurs et de son cousin Olivier. Orlando était anglais, il repartait le lendemain dans son pays. Nous n'avions qu'une nuit…

L'année suivante, un nouveau serveur venait faire ses armes au Commerce. Il était plus jeune que les autres, et beau à damner tous les saints. Mon meilleur ami, Julien, n'en pouvait plus que je le traîne matin, midi et soir au café, juste pour admirer Vincent, sans jamais oser faire le premier pas. Le jour de ses dix-huit ans, je suis arrivée avec une rose et la chanson de Dalida dans la tête. Pendant un mois, nous avons eu une chaste et jolie histoire. Aujourd'hui, il est l'un de mes meilleurs amis, toujours là, toujours vrai. Mes enfants l'appellent tonton Vincent.

Le Café du Commerce reste pour moi le lieu où je me sens toujours accueillie et j'ai toujours avec les serveurs, bien qu'avec les années beaucoup soient partis, cette connivence et cette amitié. Et puis, il est tellement à l'image de mes parents. Après la mort de maman, mon père a tenu à retourner à l'île de Ré dès le premier été sans elle. Je l'ai accompagné les premiers jours. Avant de quitter Paris, j'avais appelé Le Commerce et demandé à Éric, le manager, de faire passer le mot à tous de ne pas faire allusion à ma mère auprès de mon père. Il y a simplement eu dans chacun de leurs gestes à notre égard plus de douceur et de bienveillance.

Les Deux Palais

J'aimerais m'attarder sur ce lieu emblématique et truffé de secrets chuchotés qu'est la brasserie des Deux Palais. Situé sur l'île de la Cité, entre le palais de justice et la préfecture de police, ce bistrot a été fondé en 1896. Témoin privilégié des plus grandes affaires judiciaires, il est vite devenu un incontournable pour les avocats, les magistrats et bien sûr les journalistes, toujours présents pour glaner des informations sur les procès en cours. Les Deux Palais a la particularité de marier parfaitement plusieurs styles, de la Belle Époque aux années soixante-dix, en passant par l'Art déco. Comme dans de nombreux cafés de la fin du XIXe siècle, on n'échappe pas au sol en mosaïque, aux dorures, aux grands miroirs qui devaient sacrément aider à espionner la partie adverse… ni à l'incontournable banquette rouge. Il y en a même pour deux, favorisant ainsi les tête-à-tête entre un avocat et son client. J'imagine parfaitement le commissaire Maigret, dans son grand pardessus, venant prendre un demi bien frais au comptoir avant de repartir enquêter.

Je ne peux m'empêcher de penser aux décisions de justice qui ont été prises sous les voûtes de ce café, aux grands noms du barreau qui ont foulé son sol. Combien de plaidoiries mémorables ont été répétées ici ? Combien de victimes et de criminels s'y sont côtoyés ?

C'est dans ce bistrot que ma mère a passé beaucoup de temps à attendre les verdicts de ses nombreux procès. Dès 1968, elle est convoquée par la brigade mondaine, puis par la 17e chambre correctionnelle, qui la condamne plusieurs fois à payer de lourdes amendes pour avoir publié ouvertement des livres érotiques qu'on se passait jusque-là sous le manteau, comme *Le Con d'Irène*, d'Aragon. Je ferme les yeux et je me la représente, si jeune, si belle, avec son ami André Hardellet, auteur de *L'Oncle Jules* et de la chanson *Le Bal chez Temporel*, attendant dans ce bistrot que la foudre leur tombe dessus après la publication de *Lourdes, lentes*... Ils seront condamnés en 1973 pour « outrage aux bonnes mœurs par la voie du livre ». Ils feront appel, mais c'est seule que ma mère se présentera à la cour d'appel, Hardellet étant mort entre temps. Il avait été le seul de ses auteurs à avoir le courage de l'accompagner devant les juges. Lorsqu'elle racontait cette histoire, son visage devenait dur et je devinais les larmes se profiler dans ses yeux. Elle était persuadée que ce procès avait tué son auteur et ami.

Des années plus tard, elle doit y retourner pour défendre son roman *La Bicyclette bleue*. Elle est accusée par les héritiers de Margaret Michell, autrice d'*Autant en emporte le vent*, de plagiat. Mais cette fois, elle est auréolée de gloire.

Noël approche, il fait froid. Nous sommes allés dans la nuit, avec mes parents, encercler de nos bras l'Arbre magique de Paris, qui se trouve derrière l'Hôtel de Ville. Nous avons fait le vœu de gagner. Le lendemain, le 15 décembre 1993, la cour d'appel rend son verdict sur ce procès qui aura pourri la vie de ma famille pendant près de dix ans. Je passe la journée en cours, une peur viscérale me noue le ventre pendant que mon père, ma mère, mon frère, Franck, et ma sœur, Camille, sont aux Deux Palais. Ils attendent. Ils savent que si nous perdons, nous perdons tout. Franck fume cigarette sur cigarette, maman serre ses mains l'une contre l'autre. Depuis dix ans, les procès se sont enchaînés, épuisants. Il y a eu appel, puis cassation, c'est désormais le dernier acte.

Quand ils apprennent enfin la relaxe définitive, ils hurlent de joie et tous les serveurs les félicitent. Tournée générale ! Gagner contre les Américains, ce n'est pas rien ! Ce procès a d'ailleurs fait jurisprudence et est étudié en fac de droit. Mon père se précipite au sous-sol, où se trouve la cabine téléphonique, et appelle mon collège. Je suis convoquée par M. Allouche, le principal adjoint. Mes mains tremblent en attrapant le combiné, mais Allouche me sourit sous sa grosse moustache. Mon père me crie : « On a gagné ! »

Malagar

Lorsque nous avons eu seize ans, avec Ève, nous sommes parties quelques jours ensemble pour la première fois sans nos parents ni encadrement scolaire. Comme des grandes ! Mon père, légèrement parano, avait glissé dans mon sac une petite bombe lacrymo. J'allais faire découvrir à ma meilleure amie, et redécouvrir moi-même, le lieu qui ne m'avait pas quittée depuis que je l'avais perdu à l'âge de six ans. Malagar, domaine ayant appartenu à mon arrière-grand-père François Mauriac et qui avait été notre maison de vacances, hantait mes nuits en me criant de revenir.

Dans le taxi qui montait la côte depuis Langon, je serrais la main d'Ève. J'avais tellement attendu ce moment. Allais-je voir la maison avec mes yeux d'adolescente telle que je la voyais avec mes yeux d'enfant ? En la voyant apparaître, je n'ai pas pu retenir mes larmes. Elle était là, elle semblait me guetter et être aussi heureuse que moi de me retrouver. Rien n'avait changé en dix ans, les mêmes parfums, cette odeur si particulière de la terre bordelaise, la même lumière sur les vignes. Comment avais-je pu grandir loin d'elle ? Je n'avais même pas à fermer les yeux pour voir mon père et ma mère, follement amoureux, passer à mobylette sur la route en contrebas.

Malagar, devenu le centre François Mauriac, n'appartient plus à la famille, mais à la Région, depuis 1985. Nous avons malgré tout la chance d'avoir pu conserver un petit appartement dans la tour, juste à côté de la maison. La première nuit, j'ai souffert de ne pas pouvoir dormir en son sein.

Enfin, allez-vous me dire, quel rapport avec les cafés ? J'y viens ! Le lendemain de notre arrivée, nous sommes allées prendre notre petit déjeuner au café Les Pèlerins, à Verdelais. C'était la première fois que nous allions seules dans un bistrot. Quelle aventure ! C'est ce jour-là que je me suis sentie devenir grande. Ève garde en mémoire les tartines immenses, « des baguettes entières » – elle a toujours été un peu marseillaise –, que nous trempions dans notre chocolat. Depuis, dès que je retourne à Malagar – j'y pense encore comme « chez moi » –, je passe au café Les Pèlerins qui n'a, Dieu merci, pas bougé d'un poil pendant toutes ces années. Si vous passez à Verdelais pour y admirer la basilique ou grimper au calvaire, je vous conseille d'y faire une pause, on y déjeune très bien !

Mauriac disait de Malagar : « Je ne suis chez moi nulle part qu'ici. » C'est exactement ce que je ressens chaque fois que je reviens, lorsque j'aperçois les cyprès devant la maison qui se plient majestueusement au vent léger.

Tiercé

Je ne me souviens plus exactement de l'âge que j'avais… Vingt-cinq ans, je crois. C'était le printemps. J'étais partie quelques jours dans la Vienne chez mes grands-parents, qui ont été mes repères, mes piliers. Mon grand-père avait pour habitude, tous les matins, d'aller jouer son tiercé au Café de la Victoire, place du champ de foire à Montmorillon. Il ne partait jamais plus d'une heure, mais je m'étais toujours demandé ce qu'il y trafiquait, dans son bistrot, s'il y voyait des copains… Ce matin-là, il m'a proposé de venir avec lui. Ma grand-mère m'a fait un clin d'œil pendant que je montais dans sa vieille Renault 5. Il avait une routine que j'adorais et qui va en faire grimacer plus d'un… Il crachait dans ses mains et les frottait l'une contre l'autre avant de prendre le volant. Je n'ai jamais compris pourquoi, mais lorsque je conduis cette image est toujours présente et me fait sourire.

Je garderai toute ma vie en mémoire le souvenir de notre arrivée au café : sa fierté de me présenter à tout le monde, sa joie de m'expliquer pourquoi il misait sur un cheval plutôt qu'un autre. On s'est installés à une table et il m'a offert un Coca. Il était en face de moi, souriant, beau et déjà si vieux… Je me rappelle m'être dit : « Souviens-toi de ce moment, de chaque détail, de ce regard qu'il pose sur toi… »

Et je me souviens de tout. De la veste beige qu'il portait, de la casquette bleu marine qu'il avait sur la tête, des cris et des rires des clients, et de ceux qui venaient lui taper sur l'épaule en guise de bonjour, de la télé au-dessus du bar qui retransmettait la course.

Je donnerais beaucoup pour retourner ne serait-ce qu'un instant dans ce bar, avec lui. Avoir encore une fois sa main, rugueuse de trop travailler la terre, dans la mienne. En écrivant ces lignes, je laisse couler mes larmes. Il me manque cruellement, tous les jours. Dans mon premier roman, j'ai donné son prénom à mon héros : Clément.

Dans les yeux de mon grand-père, j'étais toujours formidable. Lui et ma grand-mère m'aimaient sans condition. Ça aide à grandir.

À leur mort, j'ai enfin pu dire adieu à cette petite ville mesquine qu'est Montmorillon et qui a tant fait souffrir ma mère. Je n'ai jamais oublié la violence de tous les habitants contre la jeune adolescente qu'elle était. Pour avoir osé écrire dans son journal intime ses émois amoureux, ils l'ont harcelée, humiliée, lui ont jeté des pierres et craché au visage. Elle raconte cet épisode dans son livre *Le Cahier volé*. Déjà, elle était trop libre… Plus tard, elle a tout fait pour se faire accepter, jusqu'à créer une magnifique Cité de l'écrit, laissée aujourd'hui à l'abandon. Je ne peux pardonner à ceux qui ont manifesté, quelques semaines après sa mort, contre l'inauguration de la place qui allait porter son nom.

Les bistrots de la Résistance

C'est par ma mère et sa *Bicyclette bleue* que je suis depuis toute petite habitée par l'histoire de la Seconde Guerre mondiale. Devrais-je dire hantée ? Dans les trois premiers volumes de sa saga, elle a su montrer par l'intermédiaire de Léa et François, ses héros, la place des bistrots dans la Résistance. Ils étaient des lieux de rencontre privilégiés, souvent centres de coordination des réseaux de résistance, car on pouvait facilement se faire passer pour un client lambda et, profitant du bruit et de l'atmosphère animée, s'échanger des informations en toute discrétion. Certains furent même des planques et des boîtes aux lettres, au nez et à la barbe des nazis en uniforme et des collabos qui venaient boire des coups ou se restaurer. Les propriétaires de ces bistrots, souvent sympathisants de la Résistance, ont facilité ces réunions en fournissant une cave, un grenier, et en jouant un rôle de relais pour la transmission de messages.

En septembre 1940, à Clermont-Ferrand, Jean Cavaillès, un jeune prof de philo venant de s'évader d'un convoi qui l'emmenait vers l'est, rencontre à la Brasserie de Strasbourg une collègue agrégée d'histoire et de géographie, Lucie Samuel. Alors qu'ils s'expriment librement et assez dangereusement sur ce qu'ils pensent du régime de Vichy et de l'occupant, les deux clients de la table d'à côté se rapprochent. Il s'agit d'Emmanuel d'Astier de La Vigerie et de Samuel Spanien. Bien heureusement, ce ne sont ni des collabos, ni des V-Mann, agents infiltrés dans la Résistance par les services de la répression nazie, mais deux futurs résistants qui pensent comme eux ! Dans le bruit incessant de cette grande brasserie, ils s'entendent pour créer, sans en prendre pleinement conscience ce jour-là, l'un des premiers réseaux de Résistance et rédigent un tract, qui sera distribué dans la ville. C'est après cette rencontre que, rejoints entre autres par Raymond Samuel, mari de Lucie, ils forment le groupe La Dernière Colonne et lancent les prémices du mouvement Libération. Les époux Samuel prendront plus tard le pseudonyme de Lucie et Raymond Aubrac.

Deux mois après cette rencontre ô combien importante pour l'avenir de la France, alors qu'il vient d'être relevé de ses fonctions par le régime de Vichy, car jugé trop à gauche, Jean Moulin, sous la fausse identité de Joseph Mercier, se rend à Paris et retrouve au petit café Le Colibri, dans un coin discret de la place de la Madeleine, un vieil ami qu'il charge de se renseigner sur les groupes de résistance en zone occupée, avant d'aller pour la première fois à Londres faire un rapport au général de Gaulle. À ce moment-là, Jean Moulin n'est qu'au tout début de son action héroïque et de la création de l'armée des ombres.

Le nom de ce café, Le Colibri, m'a mis la puce à l'oreille. Il renvoie à cette légende amérindienne qui raconte que, lors d'un feu de forêt, un colibri s'évertuait à faire des allers-retours jusqu'au cours d'eau le plus proche pour prendre de l'eau dans son bec et la jeter sur les flammes qui ravageaient la forêt. Aux moqueries des autres animaux qui jugeaient son action inutile, le colibri répondit : « Je fais ma part. » Ce tout petit oiseau n'agit pas pour son intérêt personnel et prend des risques majeurs pour les autres, devenant ainsi un symbole d'engagement, de courage et de générosité. Les Aztèques croyaient que l'âme des guerriers morts redescendait sur Terre sous la forme d'un colibri. Je me demande si Jean Moulin a vraiment choisi ce café au hasard…

Je connais bien ce petit bistrot, j'y suis allée quelques fois boire des verres avec une amie qui habitait le quartier. C'est là que je me suis réfugiée pour pleurer après l'enterrement de Charles Trenet. J'avais réussi à passer tous les barrages devant l'église de la Madeleine pour dire un dernier adieu à cet immense poète qui avait ensoleillé mon enfance. Trenet était pour moi la lumière et la joie, le sourire les jours de pluie. De mes cinq ans jusqu'à sa mort, j'ai vu tous les concerts qu'il a donnés à Paris. Je suis même un jour parvenue, en « draguant » Guy Béart, à entrer dans sa loge pour l'embrasser et lui faire dédicacer son roman *Dodo Manières*. Une fois dans l'imposante église, j'avais pu, après Aznavour, poser ma main sur son cercueil et entonner *Mes jeunes années* avec les Petits Chanteurs à la Croix de Bois. Ce jour de février était aussi triste que nous, et retrouver au Colibri d'autres amoureux de Trenet m'avait mis du baume au cœur.

Jean Moulin, tout au long de la guerre, donne régulièrement ses rendez-vous dans des cafés qui deviennent ses bureaux. C'est ainsi dans un petit bistrot lyonnais, Le Garet, qu'il a établi son poste de commandement, toujours à la même table, dos au mur pour surveiller les allées et venues. Le 1er août 1942, sous le nom de Rex, il rencontre pour la première fois un jeune homme de vingt-deux ans, qui se fait appeler Charles Daudinier. Sous cette fausse identité se cache en réalité Daniel Cordier, envoyé par Londres. Dans l'ambiance feutrée et familiale de ce petit troquet, Jean propose à Daniel de devenir son secrétaire. Les mains se serrent au-dessus de la nappe blanche. Un pacte vient de se sceller.

Lorsque Hitler est devenu chancelier d'Allemagne en 1933, nombre d'artistes allemands, sentant le vent tourner et le danger devenir chaque jour plus oppressant, ont quitté leur pays. Beaucoup, comme Thomas Mann, Stefan Zweig, Franz Hessel (le père de Stéphane), Ludwig Marcuse ou encore Bertolt Brecht, se sont réfugiés en France et retrouvés sur le joli port de Sanary-sur-Mer, alors petit village de pêcheurs. Ces exilés, ces artistes de génies, se regroupaient dans les cafés de la ville pour écrire ou débattre. Le café de Lyon, la brasserie de la Marine, Le Nautique étaient leurs refuges. Le philosophe Ludwig Marcuse décernera à Sanary le titre de « Capitale secrète de la littérature germanophone ». Quant à l'écrivain Hermann Kesten, il rend hommage à ces bistrots dans son livre *Dichter im Café* (« Le poète du café ») : « En exil, le café devient maison et pays natal, église et parlement, désert et champ de bataille. J'étais assis au café de l'exil et j'écrivais. »

Le 11 novembre 1942, l'armée allemande envahit la zone libre, forçant ces artistes à fuir de nouveau.

Lieu de rencontre assez improbable et dangereux, tant il est fréquenté par l'occupant et ses amis, la Closerie des Lilas accueille pourtant de nombreux rendez-vous secrets de résistants, au milieu des rires et du champagne qui coule à flots d'une manière indécente. Le 16 juillet 1941, alors que le pacte germano-soviétique a été rompu le 22 juin, permettant au Parti communiste français d'agir en toute liberté dans ses actions contre les nazis, la dirigeante des Jeunesses communistes, Danielle Casanova, rencontre Henri Rol-Tanguy à La Closerie. Déjà très impliqué dans la Résistance, celui qui lancera la libération de Paris la charge, ce jour-là, d'engager de nouveaux combattants au sein des jeunes communistes.

L'année suivante, à Paris, un jeune homme nommé René Lasserre ouvre avec sa mère, excellente cuisinière, un petit restaurant dans un ancien entrepôt de bière, avenue Victor-Emmanuel III, renommée avenue Franklin Roosevelt à la Libération. Le bistrot Lasserre, devenu depuis un très chic restaurant, voit le jour. C'est tout de suite un succès. René en salle, Irma, la mère experte en andouillettes et plats du terroir, en cuisine. On y croise aussi bien les bourgeois du quartier que des collabos et des résistants. René Lasserre connaît toute sa clientèle et sait rester discret. Des hommes de Jean Moulin et de Jacques Chaban-Delmas n'hésitent pas à lui confier documents et lettres confidentielles. Il se transforme ainsi, conscient du danger, en passeur et boîte aux lettres. À la fin de la guerre, André Malraux et Jacques Chaban-Delmas se portent garant de lui et le protègent de toutes représailles. C'est ce dernier qui lui remettra la Légion d'honneur en 1970, tandis que Malraux restera son plus fidèle client.

À Paris, dans le quartier Mouffetard, se trouvait un petit bistrot, tenu d'une main de fer par Mme Goubillon. « C'est une femme imposante, écrit un journal à la Libération, experte à expédier sans tambour ni trompette le consommateur trop bruyant, mais d'une immense bonté et d'un courage tranquille. » Pendant quatre ans, au 8 rue Tournefort – juste à côté d'un bureau de la Gestapo –, Mme Goubillon va héberger, cacher et restaurer nombre de parachutistes. Elle commence cette action de résistance lorsqu'une jeune fille qu'elle connaissait avant la guerre et qui vient d'être parachutée de Londres lui demande asile. La demoiselle en parle très vite à ses copains, et s'ensuit un défilé qui durera jusqu'à la Libération. Les jeunes se présentaient au café, s'accoudaient au bar, commandaient l'air de rien quelque chose à boire, murmuraient un nom, puis filaient discrètement dans la cuisine. Elle les a aimés, ses « petits », comme elle disait. Eux, l'appelaient « ma mère ». À la fin de la guerre, elle renomme son bistrot café du Réseau Sussex.

Hélas les bistrots sont aussi le lieu d'arrestations terribles.

Place du Châtelet, à Paris, le très beau et grand café Le Zimmer, après avoir vu naître le 20 novembre 1902 l'idée du Tour de France (suggéré par le journaliste sportif Géo Lefevre au coureur cycliste Henri Desgrange), accueille dans son troisième sous-sol les réunions du groupe de résistants Honneur de la police, créé par le commissaire Edmond Dubent au début de l'année 1943. Ces hommes, tous issus de la préfecture de police de Paris, se font arrêter le 28 décembre 1943, dans les murs du café, alors qu'ils préparaient un attentat contre le siège de la Gestapo française, rue Lauriston. Sans doute ont-ils été trahis par un V-Mann… Beaucoup sont déportés, dont Edmond Dubent qui meurt au camp de Nordhausen-Dora le 17 mars 1945, vingt-cinq jours avant la libération du camp par les troupes américaines.

En 1943, alors que la lutte de pouvoir au sein de la Résistance fait rage, les arrestations et les trahisons se multiplient. Jean Multon, entré dans l'un des premiers réseaux de résistance ayant répondu à l'appel du 18 juin et partisan du groupe Combat, est arrêté à Marseille le 28 avril 1943 par la Gestapo. Sans avoir, semble-t-il, été torturé, il se met au service des Allemands et devient un contre-agent, un V-Mann. Sa trahison entraîne plus d'une centaine d'arrestations. Se sentant si bien dans son nouveau rôle, il accepte d'être mis à la disposition de Klaus Barbie, le chef de la Gestapo de Lyon. Le nouveau gestapiste dénonce le café de l'Hôtel de Bourgogne à Mâcon, l'une des principales boîtes aux lettres permettant de joindre Henri Frenay, cofondateur de Combat.

Le 28 mai, le piège s'enclenche. Ce n'est pas Frenay qui est au rendez-vous, mais Berty Albrecht, autre cofondatrice de Combat et pionnière de la Résistance. Elle est arrêtée dans la salle du café en présence de Barbie et Multon. Elle crie, alors qu'on l'emmène : « Attention les amis, la Gestapo est là ! » Après avoir été entre les griffes du Boucher de Lyon, elle est envoyée à la prison de Fresnes, où elle se suicide pour échapper à la torture.

Au Mans, le café de La Calandre est le centre névralgique d'un des réseaux les plus importants de la région. Juliette et Victor Brault, les patrons, sont très tôt entrés dans la Résistance. Pour faire passer les messages qui arrivent en train du Nord ou de Paris, Juliette les cache dans les radiateurs. Comme leur café est aussi un hôtel, beaucoup de leurs chambres sont réquisitionnées par les Allemands, ce qui ne les empêche pas d'héberger aussi des messagers.

Le 1er juin 1943, un petit garçon du coin, dont les parents et la grand-mère ont créé un réseau de résistance, devient le plus jeune agent de liaison de France : alors qu'il n'a pas encore douze ans,

Jean-Jacques Auduc accomplit sa première mission. Il doit entrer l'air de rien au café de La Calandre, se glisser sous la table qui cache le radiateur, dévisser le bouchon et en extraire le message, qu'il introduit une fois dehors dans la pompe de son vélo. Il doit ensuite parcourir 22 kilomètres jusqu'à la ferme de sa grand-mère pour qu'elle remette le message au chef du réseau, Hercule. Sous la chaleur écrasante de l'été 43, Jean-Jacques a ainsi dû faire plusieurs fois l'aller-retour entre le café et la ferme. Sur la route, les Allemands effectuent de nombreux contrôles – mais qui se méfierait d'un petit garçon à l'air innocent et aux culottes courtes ?

La Résistance n'hésite pas à se servir de plus en plus de lui. Il enchaîne les missions et son maître d'école doit fermer les yeux sur ses absences. Mais le 2 novembre 1943, la Gestapo surgit dans le café et arrête les résistants qui s'y trouvent ainsi que Juliette et Victor Brault, qui mourront en déportation. Ce jour-là, Jean-Jacques voit ses parents se faire arrêter en bas de chez eux. Il les retrouvera à la fin de la guerre, très éprouvés par la captivité, surtout sa mère qui a été vendue à Bayer pour subir des expériences gynécologiques.

Les cafés en chansons

Alors que je m'apprêtais à me lancer dans l'écriture de ce *Petit éloge*, j'ai eu dans la tête la voix de Charles Trenet chantant *Le Grand Café*, qui était l'une de mes chansons préférées quand j'étais petite fille. Maintenant que je poursuis la rédaction, ce sont les mots du chanteur Anis qui me trottent dans la tête :

> Au bistro au troquet au pub au rade au zinc au bar
> Entendre écouter
> Voir regarder et boire.

J'ai découvert cette chanson, *Bistro*, un jour d'été sur les routes de Provence, en compagnie de mon amie Raphaëlle.

Symboles de la vie quotidienne, témoins d'histoires d'amour et gardiens du souvenir, les cafés sont une source d'inspiration inépuisable pour les auteurs-compositeurs. Les chanteurs se servent de ce décor pour parler des joies, des peines, des rêves et de la dure réalité de la vie. Ces lieux, si propices à dire l'amour, qu'il soit d'une nuit, naissant ou en train de mourir, se retrouvent donc tout naturellement dans les chansons. On s'y donne rendez-vous pour se dire qu'on s'aime ou pour se dire adieu, comme au « café d'en bas », dans la chanson *J'te l'dis quand même*, de Patrick Bruel. Il est d'ailleurs étrange que le bistrot des premières fois, du premier baiser, soit souvent le même que celui où l'on se quitte. Manque-t-on cruellement d'imagination ? Ou a-t-on besoin d'un cadre où l'on se sente en confiance ?

Pour Joe Dassin, la patronne du café est témoin des amours, mais ne sait pas toujours reconnaître lorsqu'il y en a un qui meurt :

Et quand elle va nous voir passer
La patronne du café
Va encore nous dire : « Salut les amoureux. »

On n'a pas besoin d'images pour voir le film de ces ballades : elles évoquent si bien la magie des bistrots, les éclats de rire entre copains, les parties endiablées de flipper ou de baby-foot, les cris les soirs de match, les engueulades mémorables lorsqu'il est question de politique.

On pleure avec Piaf derrière son bar dans *Les Amants d'un jour*, on entre avec nostalgie dans le « bistrot plein de fumée et pas fier pour un sou » que chante sur un air entraînant de musette Lucienne Delyle dans sa chanson *Bistrot*, où elle nous parle d'un amour perdu qui avait vu le jour dans un troquet. Encore et toujours l'amour ! On parle des copains, « Robert et Jojo / Et Simone aussi », avec qui Jean Ferrat, artiste très engagé, boit un petit rouge ou un petit noir au comptoir dans *Les Petits Bistrots*. Il rend ainsi hommage à ces lieux populaires qui, déjà, disparaissaient les uns après les autres.

Dans les troquets, on retrouve les potes de toujours, mais ce qu'il y a de merveilleux ce sont les rencontres inattendues avec des compagnons de passage. On se livre souvent plus facilement à un inconnu et le tutoiement vient tout naturellement. Le café devient alors créateur d'amitié. Georgette Plana chante joliment ces instants dans *Au petit café de minuit* :

On rencontre des amis
Qui vous tendent les bras

On n'les connaît pas
Mais ça n'fait rien on s'tutoie.

Ça joue aux cartes, ça boit et ça parle politique dans *Les Bistrots parisiens* de Paul Péri, ça éclate de joie aussi. En écoutant cette « chanson de bastringue », on a envie de danser à un bal du 14 Juillet :

Bistrots parisiens
Troquets de Paname

Pleins de sueur et de vie
Et de fumée et de cris
[…]
Moi je vous aime bien
Vous êtes mes copains.

Brassens avec sa voix si familière et chaleureuse, nous chante dans *Le Bistrot* l'histoire de la femme du patron, « un gros dégueulasse », dont tous les clients sont amoureux et « qui, d'un bouge, a fait un palace ».

Dans les vieilles ritournelles, la femme est soit celle du patron, la serveuse ou la caissière, soit la fille facile, la putain. Lys Gauty, en 1934, dans *Le Bistrot du port*, nous parle des matelots, mais nous raconte surtout que :

[...] la servante est rousse
Son jupon se retrousse
[...]
Et ses yeux sont fripons
Aimant la bagatelle
Chacun y vient pour elle
Pour chiper un baiser
Sur sa nuque frisée.

Louis Bousquet compose en 1914 *La Caissière du Grand Café*, reprise par Fernandel qui en tombe fou amoureux, mais en restant toujours courtois et terriblement timide. Il attend la fermeture du troquet et le départ des autres clients pour oser lui glisser un petit mot. Visiblement, elle comprend mal ses intentions, puisqu'elle l'envoie « avec un air malin : "Au bout du couloir, la porte à droite" »... Ma mère adorait fredonner le refrain de cette chanson qui donne envie de sourire :

Elle est belle, elle est mignonne
C'est une bien jolie personne.

En 1914, pour donner du courage aux soldats, Louis Bousquet, encore lui, les enchante avec sa *Madelon*, qui se montre tendre avec eux et se laisse aisément prendre par la taille. Le cabaret leur devient alors une terre d'asile au milieu de l'horreur de cette sale guerre.

Quelquefois, la patronne se transforme en mère protectrice, comme la *Laurette* de Michel Delpech qui sait si bien écouter et consoler les « âmes en peine ».

On peut gâcher sa vie à fréquenter ces lieux de « perdition », surtout quand on est un beau parleur aux poches vides. C'est la triste histoire que chante Charles Trenet dans *Le Grand Café* (on y revient toujours...), celle d'un type à la belle gueule et à la tchatche intarissable, qui se retrouve à devoir payer une note effrayante et finit par rester commis du restaurant pendant soixante ans pour pouvoir régler son ardoise.

Avec la chanson, les interprètes célèbrent la mémoire des bistrots de leur jeunesse, comme Aznavour avec sa *Bohème*, où :

Dans les cafés voisins
Nous étions quelques-uns
Qui attendions la gloire
Et bien que miséreux
Avec le ventre creux
Nous ne cessions d'y croire
Et quand quelque bistrot

Contre un bon repas chaud
Nous prenait une toile
Nous récitions des vers
Groupés autour du poêle
En oubliant l'hiver.

Ce texte m'amène à penser à *L'Auvergnat* de Brassens, qui ouvre toujours sa porte aux plus miséreux. On sait que nombre de cafés parisiens sont toujours tenus par des Auvergnats. Arrivés dans la capitale au XIXe siècle pour fuir la crise agricole qui ravage leur région, les Auvergnats sont rejetés et méprisés par les Parisiens. Ils doivent se battre pour trouver du travail et, après avoir été porteurs d'eau ou allumeurs de réverbères, deviennent marchands de charbon. C'est à cette époque que l'on commence à les appeler « bougnats », contraction de « charbonnier » et d'« Auvergnat ». De petites boutiques fleurissent dans tout Paris, et beaucoup se mettent à vendre du vin. Les cafés-charbon, qui vendent à la fois de l'alcool et du charbon, sont nés ; ils sont les ancêtres de nos cafés. Peut-être ont-ils inspiré le fondateur du Café Charbon, dans le 11e arrondissement, qui n'était pourtant pas un bougnat. Cette institution de l'Est parisien a vu le jour en 1863 et est toujours à la mode. Il est l'un des rares cafés à rester ouvert très tard et sert donc de terre d'accueil à celui ou celle qui veut un dernier verre avant le lever du jour.

Il n'est pas rare que les cafetiers aient des gestes généreux, comme celui de l'Auvergnat de Brassens. Je me souviens que lorsque, petite, je passais devant le bistrot Roger La Grenouille rue des Grands-Augustins avec ma grand-mère, elle me serrait la main en me racontant que ce Roger était un type bien car il nourrissait les pauvres du quartier après le service. Aujourd'hui se répand une jolie pratique solidaire venue de Naples, celle du « café suspendu », que l'on retrouve dans quelques établissements. Elle consiste à payer un café d'avance pour un client démuni. Il existe d'ailleurs la même chose pour les plats.

Il y a ceux qui chantent les cafés disparus et qui leur manquent. En écrivant ce *Petit éloge*, j'ai découvert la très jolie chanson de Mireille Mathieu, *Le Vieux Café de la rue d'Amérique*, où « pour une femme / Ce n'est pas un drame / D'y venir après minuit ».

Il y a bien sûr les regrets, ceux qui abîment le cœur et font des plaies béantes. Je pleure chaque fois que j'écoute *Il suffirait de presque rien* de Serge

Reggiani, ou l'histoire d'amour avortée qu'Eddy Mitchell laisse filer dans les bras d'un autre à la fin de *Couleur menthe à l'eau*, quand sa voix se brise dans un sanglot.

Quant à Renaud, il décrit les embrouilles qui finissent mal dans *Laisse béton*. Il est vrai que le troquet est un lieu propice à la baston : on y boit souvent plus que de raison et il lui arrive de devenir le terrain de jeu de deux bandes rivales qui le revendiquent comme leur territoire.

Dans les bistrots, même si on ne se connaît pas, on finit toujours par se parler ; c'est ainsi que les amitiés naissent et qu'on peut fraterniser avec des gens qui viennent parfois du bout du monde ou d'un autre quartier. Dans sa si jolie chanson, *Y a un bistrot*, Jean Sommer résume parfaitement « l'amitié qui sert à boire » :

On prend un verre
On traîne, on trinque
On s'injurie
Et l'on s'épouse pour la vie.

Je termine ce chapitre avec la tendre ballade pleine de nostalgie de Renaud, *Mon bistrot préféré*. Un estaminet qui remplace le paradis et où se retrouvent tous les artistes qui sont chers au cœur du chanteur et habitent sa mémoire.

Mon bistrot préféré, quelque part dans les cieux
M'accueille quelquefois aux jardins du Bon Dieu
C'est un bistrot tranquille où il m'arrive de boire
En compagnie de ceux qui peuplent ma mémoire

[…]

Trenet vient nous chanter une Folle Complainte
Cependant que Verlaine et Rimbaud, à l'absinthe
Se ruinent doucement en évoquant Villon
Qui rôde près du bar et des mauvais garçons

Il y a Boris Vian, Maupassant et Bruant
Écoutant les histoires d'un Coluche hilarant
Je m'assois avec eux pour quelques libations
Entouré de Desproges et Reiser et Tonton

[…]

Mon bistrot préféré, quelque part dans les cieux
Je l'avoue, désolé, manque de femmes un peu
Mais les amis, les potes qui le hantent toujours
Savent aussi bien qu'elles ce que c'est que l'amour

Ils sont bien plus vivants dans ma mémoire au moins

J'en ferais bien, moi aussi, mon paradis. Comme le reconnaît honnêtement Renaud, ça ferait une gonzesse pour tenir tête à tous ces mecs !

Les femmes et les bistrots

Qu'y a-t-il de plus joyeux qu'une bande de nanas qui se retrouvent pour rire et se raconter leur vie à la terrasse d'un café ? C'est une chose qui aujourd'hui nous semble toute naturelle, une évidence. Les groupes de filles sont même souvent plus présents que ceux des garçons, et ces derniers les regardent avec une certaine timidité : une femme seule, ils n'hésitent pas à l'aborder, mais en bande, c'est une autre histoire.

Longtemps, on a considéré que la place des femmes n'était pas dans les restaurants ou les cafés. Jusqu'à la fin du XIXe siècle, l'entrée leur était refusée dans une grande majorité des cafés, même si elles étaient accompagnées. L'écrivain culinaire Phileas

Gilbert (1857-1943) fut un farouche défenseur de cette interdiction : « Bravo et merci au législateur assez hardi qui fixerait une loi draconienne interdisant à jamais aux femmes l'entrée dans ces établissements publics – les restaurants. » Cela est malheureusement encore le cas dans certains quartiers : à la Goutte d'or, par exemple, ou vers Marcadet, où j'habitais avant, il n'y a pas une femme dans les troquets. Leur présence n'est bien sûr pas proscrite à proprement parler… Mais pour avoir déjà essayé de m'asseoir afin de prendre un café, j'ai pu constater que le regard de certains hommes était plus que réprobateur.

Lorsque j'étais petite, je voyais les hommes aller au bistrot pendant que les femmes se tapaient de faire le marché et, pour pouvoir papoter plus facilement, sortaient les chaises le soir sur le trottoir et refaisaient le monde. Je trouvais cela normal… Et à l'époque de nos grands-mères, comme dans les chansons, les femmes qui fréquentent le café sont soit l'épouse ou fille du patron, soit la caissière, soit… la putain. Car seules les prostituées avaient le droit d'entrer et de consommer, souvent sous l'œil terrible de leur mac. Les femmes de « bonne condition » avaient droit aux salons de thé, où elles se retrouvaient entre elles, pour parler de mode ou d'enfants. Mais mélanger hommes et femmes dans un même lieu, qui plus est un lieu où l'on fume et boit, cela était inconcevable.

De grands cafés ont eu des protocoles bien particuliers : à La Rotonde, seules les femmes avec un chapeau pouvaient entrer et au Fouquet's, jusque dans les années soixante-dix, on refusait l'entrée aux femmes non accompagnées – selon la logique masculine de l'époque, une femme seule était forcément une pute.

Ma mère, alors qu'elle travaillait comme libraire au Drugstore des Champs-Élysées, en a fait les frais un soir. Se voyant refuser l'entrée du Fouquet's, elle s'était sentie humiliée et jugée – elle m'a souvent raconté cette anecdote, avec colère et mépris. Elle a longtemps voulu faire un guide de la nuit parisienne pour les femmes. Il est dommage que celui-ci n'ait pas vu le jour. Encore aujourd'hui, une femme qui entre seule le soir dans un bar ne se sent pas toujours en sécurité. Elle sait qu'elle va être reluquée, abordée et trop souvent touchée par des mains avinées. Ça paraît dingue en 2023, mais c'est la triste réalité. Un mec peut sortir à minuit tranquillement pour aller boire un demi au comptoir de n'importe quel troquet ; une femme seule, c'est forcément une fille facile.

À Aubervilliers, en 2011, pour lutter contre l'hégémonie masculine dans les cafés, le collectif Place aux femmes a vu le jour, avec un objectif simple : donner aux femmes le droit de s'asseoir à une table.

Johnny

Ceux qui ont lu mon troisième roman, *Comme si tout recommençait*, connaissent ma passion pour cet homme renversant qu'était (comme je déteste employer l'imparfait…) Johnny Hallyday.

Je suis tombée en amour – cette expression québécoise est, ici, parfaitement juste – de cet immense artiste en septembre 1995, à Bercy. Pour une raison qui m'échappe, mes parents nous avaient emmenés, avec mon frère et ma sœur, voir le *Lorada Tour*, alors qu'on n'avait jamais écouté Johnny à la maison. Si Franck et Camille étaient très excités de voir la star sur scène et connaissaient nombre de ses chansons, moi, j'y allais en traînant mes pieds d'ado mal léchée, qui n'aimait que Trenet et Piaf. C'est vous dire à quel point j'étais moderne! Avant le début du concert, je posais un regard de petite conne sur les fans survoltés, avec leurs banderoles et leurs tee-shirts noirs à l'effigie du chanteur. Du haut de mes seize ans, je les méprisais, les trouvant beaufs et ridicules, ne comprenant pas cette admiration et cet amour qu'ils lui portaient. Si j'avais pu imaginer…

Johnny est enfin arrivé sur scène, il y a eu deux premières chansons, dont *Gabrielle* reprise en chœur par tous les spectateurs qui levaient leurs deux mains et se tenaient les poignets sur « mourir d'amour enchaîné ». Ma sidération était à son comble. Soudain, nous avons été plongés dans le noir, les premières notes si reconnaissables de *Que je t'aime* ont pris possession de la salle et la voix de Johnny m'a enveloppée. Des frissons m'ont parcouru le corps de la tête aux pieds. Je suis restée médusée par cet émoi que, jeune vierge, je ne connaissais pas encore. Cela peut sembler fou, mais j'ai eu ce soir-là, mon premier orgasme. La fin de la chanson m'a laissée en larmes, que je suis parvenue à cacher tant bien que mal à ma famille.

Ce coup de foudre s'est répété à chacun des concerts de Johnny où je suis allée. La force qu'il dégageait sur scène me transcendait, allumait le feu dans mon corps et ce désir fou de croquer la vie. « L'envie d'avoir envie » prenait avec lui tout son sens. Sa voix, chaude, grave, tendre, me faisait me sentir belle, forte et unique. L'énergie qu'il nous donnait lors de ses concerts me portait pendant des semaines.

Alors, quand j'ai pu lui déclarer ma flamme à la terrasse du café Édouard VII, mon bonheur était à son comble. Cet après-midi de juin 2010, j'étais passée déposer à Kim – la patronne de ce lieu, qui dépend du théâtre Édouard VII – une invitation pour la pièce que je m'apprêtais à jouer. Kim m'avait embauchée, quelques années plus tôt, pour tenir le bar du théâtre des Mathurins lors de mes études chez Péri. Nous discutions amicalement, elle derrière le comptoir, moi tournant le dos à la grande salle du café, lorsque j'ai senti une forte chaleur m'envahir et une présence venir vers nous. Comme au ralenti, j'ai tourné la tête, pour la ramener aussitôt, blême, vers Kim. Johnny Hallyday traversait la salle d'un pas lent. Mes jambes ne me tenaient plus. Étais-je en train de rêver ? Kim m'a fait asseoir. Je lui ai demandé dans un souffle si c'était bien Johnny qui venait de passer. Rappelons que l'année précédente il avait été hospitalisé et que nous avions tous craint pour sa vie. S'il se trouvait au théâtre, c'était pour parler de la pièce de Tennessee Williams que Bernard Murat voulait monter avec lui.

Je ne pouvais pas passer à côté de cette occasion de parler enfin à mon idole. Je me suis fait violence pour remonter sur mes guiboles et me suis précipitée dehors en espérant qu'il ne soit pas déjà monté dans une voiture. Je l'ai trouvé assis à l'ombre d'un parasol, son garde du corps debout à ses côtés. Je me suis avancée, le garde du corps a esquissé un geste pour m'empêcher de m'approcher, mais Johnny lui a fait signe de me laisser. Pour être à sa hauteur, je me suis mise à genoux, et j'ai eu ce geste fou de lui prendre la main. Je ne me souviens plus des mots que nous avons échangés tant j'étais émue. Sa voiture est arrivée, il m'a dit au revoir en me caressant la joue. J'ai été encore une fois impressionnée par la force qu'il dégageait, par sa démarche animale. Après son départ, je me suis assise à sa place et suis restée un long moment à regarder les gens passer, en pensant que je venais de tenir la main de Johnny Hallyday…

Le 6 décembre 2017, il est encore très tôt lorsque je vois le nom d'Ève s'afficher sur l'écran de mon téléphone. Je comprends immédiatement… Je n'ai pas envie de répondre, je sais qu'elle va m'annoncer ce que nous craignons, nous, ses fans, depuis plusieurs jours. Toute la journée, je marche dans Paris, m'arrêtant dans les bars qui passent ses chansons et pleurant sur toutes celles pas encore écrites, qu'il ne chantera jamais.

Le 9 décembre, je ne pouvais pas ne pas être à la Madeleine. Il faisait beau et très froid, mais place de la Concorde, la chaleur est devenue intense. C'est quelque chose d'assez magique, de partager sa tristesse avec un million d'inconnus ! C'était beau, tous ces gens qui chantaient en chœur ses plus belles chansons. Malgré mes pieds gelés, je ne voulais pas partir. Mais une fois tout le cortège entré dans l'église, je n'ai pas eu envie de regarder la messe sur les écrans géants. À quoi bon, puisque cette fois-ci je ne pourrais poser mes mains sur le cercueil ? J'ai cherché un bistrot où aller cacher mes larmes. Le Colibri, sur la place, était inatteignable tant la foule était dense. J'ai réussi à me faufiler et à rejoindre une des rues sur le côté. Le Mademoiselle semblait avoir de la place. Du fond de la salle me sont parvenus des éclats de voix. Je me suis approchée et je suis tombée sur une vingtaine de bikers attablés. La plupart avaient gardé sur eux leur blouson noir, orné de l'aigle qui s'étire dans le dos, et leurs lunettes tout aussi noires, sans doute pour masquer leur chagrin. L'un des motards m'a aperçue et, voyant que nous partagions la même douleur, m'a proposé de venir m'asseoir avec eux. Pendant près de deux heures, le café a résonné de nos chants et de notre amour pour cet immense artiste.

Écouter ce chanteur me donne encore aujourd'hui la sensation d'être serrée dans des bras chauds.

Les bars d'hôtel

Il y a quelque chose de mystérieux, voire de sulfureux dans le fait de pousser la porte d'un bar d'hôtel et de se lover dans les fauteuils qui semblent nous tendre les bras. Pour moi, ces endroits sont un appel à la contemplation et à la volupté. Dans ces lieux emblématiques de l'élégance française, on parle bas, on a des gestes délicats. Tout est calfeutré, chuchoté. Le service se veut irréprochable, et discret. Les femmes sont toujours très chics et cherchent à ce qu'on les regarde. Les hommes préfèrent montrer qu'ils ont de l'argent. Ne nous leurrons pas, il reste une certaine part de misogynie dans ces bars luxueux, où la richesse et la beauté tiennent les premiers rôles.

Si l'on veut voyager sans quitter sa ville, il n'y a qu'à pénétrer dans l'un de ces hôtels, s'asseoir et observer le mélange des cultures. On y parle toutes les langues, comme dans les aéroports, mais on y boit de meilleurs cocktails. Leur décor est souvent un subtil mélange de classicisme et de touches contemporaines. Ces bars sont porteurs de la grande et de la petite histoire. Tant de grands noms en ont foulé les somptueux tapis, se sont admirés dans les miroirs majestueux…

C'est juste en face de l'emplacement d'une maison religieuse, l'Abbaye-aux-Bois, que l'hôtel du Lutetia a été édifié en 1910, à la demande de Marguerite Boucicaut, la célèbre propriétaire du Bon Marché. Elle souhaitait que ses riches clients venus du monde entier puissent se reposer dans un lieu chic et proche du grand magasin. C'est ainsi que naissent le bar Aristide – d'après le prénom du mari de Mme Boucicaut – et son fumoir. L'imposant zinc est l'un des tout premiers de style Art déco, et sa fresque représente les fameux jardins de l'Abbaye-aux-Bois. Il est réalisé par Adrien Karbowsky. Dès son ouverture, le bar du Lutetia devient un lieu incontournable de la vie parisienne. En plus des clients du Bon Marché, il doit à son emplacement, situé entre le Sénat et l'Assemblée nationale, d'être fréquenté par des hommes politiques et des fonctionnaires coloniaux. Les artistes l'investissent aussi. On peut y retrouver, comme dans de nombreux bistrots du quartier, Henri Matisse et Pablo Picasso. Le soir, il arrive que James Joyce y joue du piano. Antoine de Saint-Exupéry, qui s'est installé en 1936 à l'hôtel avec sa femme, Colomba, vient y rêver. Albert Cohen y dicte son chef-d'œuvre *Belle du Seigneur* aux femmes de son entourage. Serge Gainsbourg y sirote des 102, c'est-à-dire des doubles pastis 51.

Aujourd'hui, le bar Aristide se transforme tous les jeudis en club de jazz privé où un chef barman crée de délicieux cocktails.

En plus de ce fameux bar, le Lutetia héberge une très chic brasserie, dont Sonia Rykiel a fait la décoration en 1985. Je me souviens de la fierté de ma mère lorsqu'elle m'y emmena un jour déjeuner : « C'est ma copine qui a fait ça ! »

Je ne peux parler du Lutetia sans mentionner la funeste période de la Seconde Guerre mondiale, pendant laquelle il a perdu de sa superbe. En 1940, lorsque les bottes allemandes foulent le sol parisien, l'hôtel se retrouve occupé par l'Abwehr, service de renseignement et de contre-espionnage. Alors que des nazis se prélassent salement dans les fauteuils club du bar, des employés réussissent à creuser une planque dans la cave pour y cacher les plus grands crus. Les images de la façade de l'hôtel recouverte d'immenses drapeaux à la croix gammée m'ont toujours glacé le sang. Léa Delmas, l'héroïne du roman de ma mère, fond en larmes lorsqu'elle passe devant et reconnaît François Tavernier, son amant, riant avec des dignitaires nazis. Cet homme est en réalité un espion qui œuvre pour le général de Gaulle.

À la Libération, de Gaulle exige que le Lutetia soit mis à la disposition de la Résistance et du gouvernement provisoire. Il devient ainsi le centre d'accueil des déportés qui reviennent des camps. La peintre et résistante juive Sabine Zlatin, surnommée « la dame d'Izieu », aide les familles à retrouver les survivants. Tous les matins, à peine le jour levé, des familles espèrent retrouver leurs proches. Les déportés n'ont eu qu'une idée en tête : Paris. Une fois gare de l'Est, ils sont transportés en bus au Lutetia. Ceux qui arrivent dans le convoi du 1er mai 1945 trouvent la capitale couverte d'une neige épaisse. Tous racontent la même chose : le grand hall rempli de panneaux en bois avec les noms et les photos des déportés, cette foule qui s'agrippe physiquement à eux en les suppliant de leur dire s'ils connaissent leur enfant, leur mari, leur sœur, les larmes qui coulent sur les joues des mères. Un buffet attend les rescapés, mais il y a trop à manger pour leurs ventres affamés ; il faut réapprendre. Il y a le parcours de bureau en bureau pour retrouver une identité. Enfin, ils peuvent se laver, se changer. Parmi ces femmes et ces hommes, la plupart d'entre eux sont de jeunes adultes, mais ils ressemblent à des vieillards, tant leurs corps sont abîmés. Il n'y a pas d'enfants… aucun n'est revenu. Puis vient le moment où les groupes qui se sont formés dans les camps ou sur le douloureux chemin du retour se séparent, où l'on doit quitter les compagnons avec qui on a survécu au pire, on se promet de s'écrire… Un jeune bénévole de quinze ans faisant partie des scouts unionistes, Michel Rocard, se souvient du désarroi et de la faiblesse des déportés. Ce qui le marque le plus, « c'est le visage de ces hommes sciemment détruit par d'autres hommes ».

Avenue Kléber se trouve l'imposant hôtel Peninsula. Tout de boiseries en chêne, de moulures dorées et de grands miroirs qui se reflètent à perte de vue, le bar Kléber mérite qu'on ose pousser sa porte. C'est dans cette pièce aux couleurs ambrées qu'eut lieu la signature des accords de paix négociés par Henry Kissinger pour mettre fin à la guerre du Vietnam en 1973. L'hôtel Peninsula, qui s'appelait à ses débuts, en 1908, l'hôtel Majestic, fut l'un des plus grands palaces de la Belle Époque. Le 18 mai 1922, son restaurant a vu se réunir à la même table Proust, Picasso, Joyce et Stravinski, venus fêter la première du ballet *Renard*, monté par Serge de Diaghilev d'après la musique de Stravinski. J'aurais tellement aimé assister à ce dîner, écouter les paroles de ces hommes si différents. C'est également entre les murs de cet hôtel que Gershwin écrivit son poème symphonique *Un Américain à Paris*.

En 1940, l'établissement est réquisitionné pour devenir le siège du haut commandement militaire allemand. À la Libération, il est affecté au ministère des Affaires étrangères et devient le siège de l'Unesco de 1946 à 1958. En 1999, le procès de l'affaire du sang contaminé s'y déroule. Ce n'est qu'en 2007 que l'État vend le bâtiment à un groupe qui lui redonne sa fonction première de grand hôtel.

Sanctuaire du style Art déco, le bar Hemingway, au Ritz, n'est composé que de vingt-cinq sièges.

Vous n'y entendrez aucune musique d'ambiance, seulement le murmure des amoureux de la tranquillité. Une magnifique photo de l'écrivain, pour qui cet hôtel était un refuge, trône au-dessus du bar. Il y a aussi un mur entier de couvertures du magazine *Life* à son effigie, près d'une machine à écrire qui lui a, paraît-il, appartenu. Avant ce fameux bar, l'hôtel avait créé en 1921 le Café parisien, exclusivement réservé aux hommes. Elizabeth Pierce, belle-fille du fondateur, César Ritz, s'y invitait régulièrement avec audace et convainquit l'hôtel d'ouvrir un second bar en face du premier, qui fut nommé le Café des Dames, puis Le Petit Bar (qui est l'actuel bar Hemingway).

Pendant la Seconde Guerre mondiale, toujours, une partie du palace est occupée par la Luftwaffe, l'armée de l'air allemande, et Hermann Goering s'attribue la suite impériale. Il n'hésite pas à piller les œuvres d'art de l'hôtel, pendant que Coco Chanel et Arletty viennent y passer du bon temps avec leurs officiers nazis pour amants. Mais dans les combles, grâce à des membres du personnel, se cachent des résistants, des juifs ou des aviateurs anglais. Le barman, Frank Meier, sert de boîte aux lettres pour l'opération Walkyrie.

Le bar 228, à l'hôtel Meurice, me fait rêver. J'y suis allée quelques fois, plus jeune, en compagnie d'un ami photographe. Les fresques du peintre Lavalley, représentant la vie du château de Fontainebleau, nous transportent dans une autre époque. Si on lève les yeux, le plafond peint de nuages et de ciel bleu appelle au voyage, tandis que les lourds rideaux de velours donnent une impression d'intimité. Ce bar est fait pour les amoureux qui s'embrassent dans les profonds fauteuils. Y prendre un simple café raconte déjà toute une histoire.

Charles-Augustin Meurice, déjà propriétaire de l'hôtel Meurice à Calais, fait construire l'illustre palace au terminus de la diligence Paris-Calais, rue de Rivoli, principalement pour les touristes anglais. Le Meurice, surnommé « l'hôtel des rois » pour avoir reçu entre autres la reine Victoria et Napoléon III, devient en 1889 le premier hôtel parisien équipé du téléphone. C'est dans ses murs qu'en août 1944 le consul de Suède Raoul Nordling parvint à convaincre le général allemand Von Choltitz de cesser le feu et de ne pas faire sauter tout Paris.

Lorsque ma mère a écrit ses mémoires, elle est retournée sur les lieux qui ont compté pour elle, parfois en ma compagnie. Un après-midi d'hiver, alors que la nuit était déjà tombée, nous sommes allées nous réchauffer avec un mojito – sa boisson préférée – au bar 228. Elle m'a raconté que c'est dans l'une des chambres de l'hôtel qu'elle a tourné la scène d'ouverture de *La Banquière*, où on la voit dans un lit avec Romy Schneider. Et elle m'a chuchoté qu'une autre fois elle avait rencontré dans leur suite – qu'ils occupaient un mois par an – Dalí, qu'elle avait trouvé assez antipathique, et sa femme Gala, qui était tout le contraire.

J'ai aimé ce moment de confidences avec ma mère. Elle m'apparaissait dans ce décor feutré telle une amie…

Les troquets du cinéma

Au cinéma, les cafés tiennent un rôle essentiel. N'est-ce pas dans l'un d'eux que la première projection publique a eu lieu ? Le 28 décembre 1895, les frères Lumière projettent dix petits films, de moins d'une minute chacun, dans le salon indien du Grand Café Capucines, sur le boulevard du même nom. Les trente-trois spectateurs payent un franc à l'entrée, ce qui est cher pour l'époque. Et la presse boude l'événement. Quelques semaines plus tard, le café accueillera près de 2 500 spectateurs par jour !

Mais au-delà de ce rôle de salle de cinéma, le décor d'un café se prête merveilleusement au scénario d'un film. On peut y faire naître une histoire d'amour entre la caissière du bar-tabac et le client grincheux qu'interprètent Isabelle Nanty et Dominique Pinon dans *Le Fabuleux Destin d'Amélie Poulain*. Cette comédie romantique reflète parfaitement la vie des bistrots et celle du quartier de Montmartre. Elle fut tournée rue Lepic, dans le café des Deux Moulins, dont le nom fait référence au Moulin rouge et à celui de la Galette. Amélie est la serveuse dont tout le monde rêve : souriante, aimable, bienveillante, jolie... Il y a les chassés-croisés amoureux au Café de Flore dans *La Maman et la Putain* où Alexandre, interprété par Jean-Pierre Léaud, rencontre sa future petite amie en attendant sa future ex. Le bistrot devient alors un vrai lieu de marivaudage.

À travers le décor d'un bistrot, on raconte tout de suite une époque, une atmosphère bien particulière, où des personnages d'horizons souvent différents se rencontrent. Les cafés sont le théâtre de conversations animées, de débats, de confrontation sociale et, comme dans les chansons, de rencontres ou de ruptures amoureuses. Les films mettent en images la vie de ceux qui y travaillent, comme Jean-Pierre Bacri, tenancier aigri du café Au père tranquille, un homme misogyne quitté par sa femme, dans *Un air de famille*. Son bistrot sert alors de décor au huis clos des traditionnelles réunions familiales du vendredi.

En 1966, dans *Le Grand Restaurant*, de Jacques Besnard, Louis de Funès, qui a coécrit le scénario, joue le personnage de M. Septime, propriétaire d'un restaurant gastronomique sur les Champs-Élysées. De Funès se montre odieux avec son personnel et d'une obséquiosité collante avec ses riches clients. C'est le restaurant Ledoyen qui sert de décor, où un vrai chef prépare de vrais plats en cuisine. Il y a plus de quatre-vingts figurants. Bernard Blier prend trois kilos pendant le tournage ! J'adore la scène du « sourire, c'est servir », où le patron forme ses serveurs, ou encore celle où il se déguise pour surveiller ses équipes. Il réitère ce genre de scène dans *L'Aile ou la Cuisse*, où son personnage, critique gastronomique, se grime en vieille femme pour ne pas être repéré.

Bistrots des grandes villes et cafés du village sont les symboles du bon vivre à la française. Voilà pourquoi les grands noms du cinéma y ont consacré des films entiers ou tourné des scènes inoubliables. Au tout début du cinéma parlant, Marcel Pagnol réalise trois films tirés de sa trilogie théâtrale, *Marius*, *Fanny* et *César*. Toute l'action se déroule au Café de la Marine, sur le vieux port de Marseille. Les personnages boivent et se disputent autour de parties de cartes endiablées. Dans *La Belle Équipe* (1936), qui représente à l'écran l'esprit du Front populaire, Jean Gabin et ses amis ouvrent une guinguette après avoir gagné à la loterie, ce qui nous vaut la joyeuse chanson *Quand on s'promène au bord de l'eau*, que ma mère adorait chantonner. Ce film a donné son nom au café La Belle Équipe, rue de Charonne, où dix-neuf personnes ont été assassinées le vendredi 13 novembre 2015…

Dans la comédie policière *Café de Paris* (1938), la caméra se balade telle une danseuse entre les serveurs, qui connaissent tous les secrets des clients venus fêter le réveillon. Ces personnages illustrent merveilleusement l'époque de l'entre-deux-guerres, où les différences sociales se font plus flagrantes. Dans *Garçon !*, Yves Montand, affublé de la tenue réglementaire de garçon de café, joue très adroitement du plateau. Les dialogues fusent et se mélangent avec les commandes lancées en cuisine. Le ballet des serveurs dans une salle enfumée et pleine à craquer donne presque le tournis. Le bruit des couverts et des discussions est assourdissant. Ce film raconte la dure vie de garçon de café et les rivalités qui peuvent exister entre serveurs. Qui passera chef de rang ? Qui aura le plus de pourboires ?

Et puis, il y a les clients, habitués ou de passage. Le choix de tel ou tel café n'est jamais anodin pour un réalisateur : il raconte à lui seul un personnage à qui ce lieu correspondra, une époque, une ambiance.

Dans *Vivre sa vie*, Jean-Luc Godard met en scène Anna Karina dans une séquence où elle raconte à une amie sa vision de la vie et de la responsabilité qu'elle y prend, tout en fumant une cigarette avec volupté. Une fois seule, elle est abordée par un homme très dérangeant, qui la poussera ensuite à se prostituer. Le café est ainsi montré comme lieu de confidence, puis se transforme en lieu de tous les dangers pour une femme seule.

Aux Deux Magots, alors qu'il fait nuit et que le café est vide, François Cluzet raconte sa vie à Omar Sy dans *Intouchables*. Cet illustre café a aussi servi de décor au film de Gérard Oury *Les Aventures de Rabbi Jacob*, où le personnage de Slimane, venu tranquillement boire un verre, se fait enlever devant le café.

Dans *La Délicatesse*, adapté du roman de David Foenkinos, il y a cette scène de rencontre magnifique entre Pio Marmaï et Audrey Tautou : alors que chacun est attablé dans un coin du café Les Cailloux, le premier se promet que si la seconde commande un jus d'abricot, il l'aborde. Dans *Cléo de 5 à 7* (1962),

Agnès Varda choisit Le Dôme et l'agitation qui y règne pour mettre en contraste la solitude de son héroïne.

Dans un café, on peut raconter mille destins croisés, comme dans *Au bistro du coin*, de Charles Nemes, où les habitants d'un quartier se retrouvent, tous milieux sociaux confondus, pour monter un spectacle. Cédric Klapisch, lui, met en boîte le Pause Café et l'ambiance du quartier de la Bastille dans *Chacun cherche son chat*. Dans ces deux films, les cafés sont les lieux de rassemblement et de vie de quartier où l'intrigue prend forme, ils aident le spectateur à s'identifier à chacun des personnages.

Dans les films policiers, le bistrot est souvent un lieu central. Il n'est pas rare que les commissaires s'y retrouvent pour boire un coup après le service ou y déjeuner à l'œil, comme dans *Les Ripou*x au bistrot La Renaissance, rue Championnet, dans le 18e arrondissement de Paris. Ce café a de quoi séduire un chef décorateur, car sa déco, avec ses vitraux fleuris et son comptoir en marbre, n'a presque pas bougé depuis son inauguration en 1904. Mais si le café est un lieu prisé par les flics et les inspecteurs, il est aussi très souvent un repère pour les voyous, comme dans *Fric-Frac*, de Maurice Lehmann (1933), dans lequel le patron de Chez Fernand fait du recel de marchandise et cache un flingue dans sa caisse. On retrouve aussi le café comme lieu de toutes les magouilles dans *Flic ou voyou*, de Georges Lautner.

Au troquet, on boit souvent plus que de raison ; cela permet à un comédien de jouer l'ivresse, ce qui est moins évident à faire qu'il n'y paraît. Le jeune Belmondo, avec son sourire de ravi de la crèche, et Gabin, aux yeux vitreux, la jouent incroyablement bien dans la scène de bistrot d'*Un singe en hiver*. Le patron, qui veut les mettre dehors, se prend une sacré baffe qui l'envoie valser dans le décor. D'ailleurs, la baston est très souvent mise en scène dans un café : les tables qui tombent, la vaisselle qui éclate, les serveurs qui tentent d'éviter les coups ou de séparer les combattants, sans oublier le patron ou la patronne qui pleure en voyant son bar détruit. Ce genre de scène donne des sueurs à l'équipe technique, mais le résultat est très cinématographique.

Les sons, si importants au cinéma, participent à l'attrait des cafés pour les réalisateurs : le percolateur, le flipper, le billard ou le baby-foot, les tasses et les assiettes qui s'entrechoquent, un verre qui se brise sur le carrelage, la caisse enregistreuse, le brouhaha des clients. Ces bruits créent à eux tous l'atmosphère parfaite du bistrot, que l'on retrouve dans la fameuse scène du croissant, avec Jean-Paul Belmondo, dans *Le Professionnel.*

Les films sur la Seconde Guerre mondiale sont friands des cafés pour illustrer l'ambiance si oppressante et secrète de cette période. Le marché noir et les restrictions dans *La Traversée de Paris*, la rencontre des résistants et des collabos dans *La Ligne de démarcation*, de Claude Chabrol, avec cette scène mémorable où le patron d'un café, dans un petit village du Jura, met dehors un client un peu trop pétainiste à son goût. Au Café du Soleil, l'un des premiers bouchons lyonnais, Jean-Pierre Melville tourne une scène de *L'Armée des ombres.*

On n'imagine pas les difficultés qui se posent lors des tournages dans un café. Tout doit être calculé, à sa place. Les plans fixes sont rares, car il faut donner vie à toute l'ambiance. En plus des comédiens principaux, il y a les figurants. Le moindre décalage, un mauvais départ, et toute la scène est à recommencer.

Et puis le café est fédérateur pour l'équipe d'un film ! Claude Sautet, interviewé en 1976 pour son film *Mado*, disait : « Il n'y a rien à y faire ! Le voudrais-je, les tournages m'y ramènent. Ces restaurants et ces cafés où l'équipe se retrouve créent toujours un brassage social entre ouvriers, comédiens, producteurs et techniciens. Un café est un havre, et je suis trop rat des villes pour m'en passer. »

Les drugstores

Les drugstores sont des espaces où l'on trouve de tout, ouverts tous les jours et jusque tard dans la nuit. Il y a un café, un restaurant, une librairie/papeterie, une pharmacie et quelquefois une petite épicerie. Les grandes villes des États-Unis regorgent de ce genre d'endroits. Mais en France, jusque dans les années cinquante, cela n'existait pas.

Aujourd'hui, il ne reste plus que le drugstore des Champs-Élysées, qui fut, lors de son ouverture le 15 avril 1958, une révolution dans la capitale. Un vrai temple de la consommation. Si ce lieu a été imaginé par le fondateur de Publicis, Marcel Bleustein-Blanchet, qui avait vu à New York un nouveau genre de magasin où l'on vendait de tout, l'âme en revient à Slavik, incontournable décorateur de l'époque. Slavik a tout pensé dans les moindres détails et a choisi les matériaux pour qu'on se sente bien : le cèdre du Liban donne cette teinte fauve unique et les cuirs des banquettes font penser aux clubs anglais. Tout le monde se croise au Drugstore : les hommes d'affaires, les jolies femmes, les touristes et les minets des beaux quartiers venus crâner auprès des jeunes filles. Ils dînent, prennent un café, passent à la pharmacie ou s'offrent un livre à la fameuse librairie où ma mère, qui y avait travaillé pendant trois ans comme vendeuse, avait créé un rayon érotique avec l'appui de Slavik.

Prendre un café à la terrasse du Drugstore, c'est un peu avoir vue sur le monde. Toutes les nationalités y passent après avoir photographié l'Arc de Triomphe. Ne sommes-nous pas sur l'avenue la plus visitée au monde ?

Je ne suis allée que rarement dans ce lieu un peu impressionnant, trop grand. Je lui ai préféré celui de Saint-Germain-des-Prés, où la promiscuité était de mise. Il remplaçait alors le Royal Saint-Germain, grande brasserie peu fréquentée mais dont la fermeture a fait pousser les hauts cris aux habitués du quartier.

Pourtant, le 19 octobre 1965, le Tout-Paris est présent à l'inauguration et beaucoup d'invités resteront dehors – même le patron de Publicis, qui devra se contenter pour le dîner d'un sandwich aux Deux Magots. Dans ce nouveau lieu, comme dans le premier, on trouve de tout, à toute heure. Slavik y met à nouveau sa patte, mais en cherchant à créer un lieu plus intime. L'espace est bien plus petit ; on ne peut que se rencontrer. Ce café avait, pour l'enfant que j'étais, quelque chose de fantastique. La mezzanine, sous la rotonde dorée qui dominait la salle du bas, donnait l'impression d'être dans un manège. Tout était courbe et sensualité. Slavik a demandé à une jeune sculptrice, Oonga, de réaliser des grands camées d'un nouveau genre. Ce sont des moules des bouches de Brigitte Bardot, Jeanne Moreau, Juliette Gréco. Il y a également les yeux de Belmondo, Camus ou Picasso. Tout cela est exposé sur les murs du café et donne la joyeuse sensation d'être épié.

Dix jours après l'inauguration, vers midi, l'opposant marocain Medhi Ben Barka est enlevé juste devant l'entrée, alors qu'il se rendait chez Lipp pour un rendez-vous. Une confusion entre les deux drugstores retardera l'enquête de quarante-huit heures. Gérard Oury s'est librement inspiré de cette scène dans *Les Aventures de Rabbi Jacob*.

Le 15 septembre 1974, ce lieu symbolique est la cible d'un attentat à la grenade imputé au terroriste Carlos qui fait deux morts et trente-quatre blessés.

Malgré tout, le succès reste au rendez-vous. Avec Ève, nous sommes souvent allées, après une séance de cinéma, boire un chocolat chaud près des fenêtres qui surplombaient le boulevard. Lorsque le clap de fin est donné en 1995, un peu de l'âme du quartier disparaît avec le drugstore.

Les bistrots de quartier

À ma plus grande peine, les bistrots de quartier disparaissent les uns après les autres. Ils sont remplacés par des cafés qui ont tous la même déco, sans âme et sans goût. Exit le rouge si familier, désormais les couleurs pastels et un peu kitsch prédominent. On a droit aux fleurs en tissu qui investissent les terrasses ou aux gros ours en peluche jouant les clients. Dans certains bars à la mode, on vient plus pour se montrer que pour faire des rencontres inattendues ou simplement boire un demi au comptoir en refaisant le monde avec son voisin. Et puis il y a ceux qui veulent faire « authentique » et qui cherchent à mettre dans leur déco un parfum d'antan. Mais cela sonne souvent faux…

Il est de plus en plus difficile de trouver un lieu vrai à Paris. Jusqu'à récemment, le Chai de l'Abbaye, Le Refuge ou Le Bougainville étaient de ceux-là. Vendus, ils se sont mis au pas d'une homogénéisation tendance et ont considérablement augmenté leurs prix, faisant fuir une partie de l'ancienne clientèle.

Souvent, les bistrots de quartier ne sont pas très grands et le temps y est comme suspendu, indéfini. Un café se doit ainsi d'être accueillant, convivial, et ceux qui se trouvent à proximité de lycées ou de facs ouvrent leurs portes sans grincher aux étudiants qui peuvent y rester des heures sans dépenser grand-chose. Des cafés mythiques dans ma jeunesse tiennent encore tête au changement. Le Mauri 7 et Chez Jeannette par exemple, rue du Faubourg Saint-Denis, ont su garder leur âme et cette atmosphère si particulière du troquet parisien – tout en restant très à la mode. Je me souviens d'une fin d'après-midi où, seule à la terrasse de Chez Jeannette, j'ai publié sur Facebook un message pour proposer à ceux qui en avaient envie de me rejoindre. Très vite, un premier copain est arrivé, puis deux, puis trois. Au bout de deux heures, nous étions quinze et la terrasse nous appartenait. Cette soirée improvisée fut des plus gaies.

Nous avons fait la fermeture et, avec les plus motivés et les moins saouls, nous sommes allés danser.

Dans des arrondissements comme le 6e, où trouver un café aux prix abordables et à l'ambiance simple et accueillante est devenu un casse-tête, il y a Les Optimistes, qui porte parfaitement son nom. Lui est typiquement un bistrot de quartier, avec sa toute petite salle et ses tabourets faits avec des pèse-personne (histoire de bien culpabiliser après les pintes ingurgitées). Ses habitués et les étudiants du quartier aiment s'y rencontrer et débattre de tout et de rien sous l'œil amusé de Dejan, le patron. Je me sens bien dans ce genre de lieu où je finis toujours par parler à tout le monde. C'est là que l'on entend les vraies brèves de comptoir ! Il ne faut pas hésiter à tendre l'oreille.

Le Reinitas, rue du Poteau, dans le sud du 18e arrondissement de Paris, est l'un des derniers cafés populaires du coin. C'est à sa terrasse couverte que, protégée du froid, j'ai écrit mon troisième roman. J'y ai passé des heures à chercher l'inspiration tout en regardant le ballet matinal des habitués. Il y avait le clan des vieilles dames qui n'avaient pas dû souvent quitter ce coin de Montmartre et se retrouvaient après leurs courses pour boire un café ou une menthe à l'eau. J'adorais les écouter papoter de l'actualité, elles devenaient mon journal. Elles commentaient le téléfilm de la veille ou les candidats de *The Voice* et se transformaient en vraies chipies. À quelques tables, toujours à la même place, toujours tiré à quatre épingles, le poivrot du bar, au pastis dès 9 heures. Un peu plus tard, les apprentis poissonniers et bouchers venaient prendre un café en fumant une cigarette pendant leur pause. De l'intérieur de la salle me parvenait le bruit du flipper et celui de la télé diffusant une chaîne d'info en continu. Malgré tout cela, je n'ai jamais aussi bien écrit que dans ce lieu !

Lorsque j'étais bien plus jeune, avant d'aller danser au Tango, boîte de nuit mythique du Marais, où les drag queens mettaient le feu, j'allais avec mes potes à L'Attirail, petit bar juste à côté. Entourés de vieilles affiches de cinéma et de concerts, et des photos d'identité de tous les clients placardées aux murs (j'avais collé la mienne), nous nous sentions les rois du pétrole, tant les prix étaient dérisoires. C'est toujours le cas aujourd'hui : un repère d'Erasmus, me chuchote le patron. À l'époque, L'Attirail était un café-concert, et j'ai eu la chance d'y voir le groupe La Rue Ketanou et de danser sur les tables.

Dès son ouverture au tout début des années quatre-vingt-dix, il s'est forgé une belle réputation, du côté des jeunes consommateurs comme des artistes. Dans le même genre, le café L'Art brut, près de Beaubourg, n'est pas plus grand qu'un couloir et les musiciens devaient souvent s'installer sur le petit escalier, faute de place. Il n'était pas rare que les clients reçoivent un coup d'archer. Ces deux bars ont su garder leur âme et tranchent aujourd'hui avec les autres cafés du quartier.

Et puis, niché entre les palaces et les bijoutiers de la place Vendôme, il y a un lieu magique où on a le sentiment, le temps d'un déjeuner, d'être emmené très loin de son époque. Au Petit Bar, rien n'a changé depuis soixante ans. Il y a le comptoir en formica sur lequel trône, tel un trophée, un distributeur de cacahuètes et derrière lequel Marinette et Jean s'activent comme s'ils avaient vingt ans. J'aime particulièrement ce troquet où l'on mange comme chez sa grand-mère. Tout y est simple, bon, doux. Chaque fois que je passe la porte, j'ai la gorge nouée d'une boule d'émotion venue de l'enfance.

Devenu un lieu très touristique, au vu de son emplacement et de son histoire, La Bonne Franquette, en plein cœur de Montmartre, a aussi su garder un parfum d'antan. La bâtisse qui abrite ce bistrot date de la fin du XVIe siècle, comme la plupart des maisons qui ont été reconstruites après le terrible incendie qui ravagea le village de Montmartre en 1559. Au XIXe siècle, de nombreux artistes se réfugient sur la butte (rattachée à Paris en 1860) pour fuir les travaux haussmanniens qui rendent le cœur de la capitale invivable. Les loyers y sont bas et l'ambiance plus chaleureuse. À cette époque, le café se nomme Les Billards en bois, du fait de l'immense billard qui se trouve dans le petit jardin. Tous les impressionnistes se sont retrouvés dans ce lieu où il faisait bon se rafraîchir à l'ombre des tonnelles. En 1886, le jeune Van Gogh, invité par son ami Toulouse-Lautrec, découvrit cet établissement et y peignit même une de ses fameuses toiles que l'on peut voir au musée d'Orsay, *La Guinguette à Montmartre*. J'aime à imaginer que, des années plus tard, Piaf et Aznavour s'y embrassèrent. Ce dernier vécut même dans l'immeuble.

Aujourd'hui, cette affaire est toujours familiale et l'affabilité des patrons et des serveurs est de mise, malgré l'affluence continue de touristes. La devise des lieux est « aimer, manger, boire et chanter ».

Dans le haut de la rue de Belleville, qui a vu naître Édith Piaf, on trouve encore des cafés d'habitués, qui donnent le sentiment d'être dans un bistrot de village. Tout le monde se connaît, s'appelle par son prénom. Et pour les femmes, il est possible de rentrer tard le soir sans être emmerdées. Le bar Aux Folies, par exemple, a pris la suite d'un des plus vieux cabarets du village de Belleville. Depuis sa création, vers 1790, le lieu s'est sans cesse renouvelé. Après avoir été une guinguette, un théâtre, un café-concert et un cinéma que fréquenta le jeune Claude Moine, futur Eddy Mitchell, il reste aujourd'hui un café mythique auquel les graffitis confèrent une nonchalance typiquement parisienne. Sa grande terrasse aux chaises de toutes les couleurs attire les passants autant que les Bellevillois. Ce bar est un lieu de fête, qui accueille le monde de la nuit jusqu'à cinq heures du matin.

Plus haut dans la rue, Le Barouf, qui porte bien son nom, est tout aussi fraternel et ne se cherche pas de nouvelle identité. J'ai beaucoup fréquenté ce bar dans mes jeunes années de comédienne. De nombreux castings se passaient dans les alentours. Au Barouf, pas de chichis, ni d'étincelles. On y est bien, simplement…. N'est-ce pas cela avant tout un bistrot de quartier ?

Je terminerai ce chapitre par les mots de Josiane Balasko, qui a grandi dans un bistrot à Saint-Ouen :

« J'ai eu l'occasion de côtoyer des alcoolos, des putes, ça m'a ouvert l'esprit sur le monde et appris à ne pas avoir un regard de défiance. »

Les tenancières

L'image de la tenancière, de la bistrotière, a de multiples facettes. La patronne du café, tour à tour autoritaire, séduisante ou maternante, est la gardienne de la convivialité. Elle tient son troquet d'une main de fer dans un gant de velours… quand ce n'est pas l'inverse. Elle a parfois le verbe haut – c'est qu'il faut tenir tête aux hommes qui viennent s'asseoir à son bar et bien leur faire comprendre que la cheffe, c'est elle ! Ce qui ne l'empêche pas de prêter une oreille attentive à chacun et de toujours trouver le petit mot qui réconforte. À Douarnenez, jusqu'à la seconde moitié du XXe siècle, quatre-vingt-dix pourcent des cafés étaient tenus par des femmes qu'on appelait « les tantes ». Elles seules savaient la solitude des marins qui se réfugiaient dans l'antre chaleureuse de leur bistrot. Chaque équipage avait son café attitré.

Dans l'imaginaire collectif, nourri de littérature, la patronne du café est gironde, avec les joues roses et un grand tablier blanc sur une jupe noir, comme chez Simenon. Chez Zola, les tenancières occupent une place centrale pour permettre aux personnages de se retrouver dans un lieu commun. Hors de la littérature, elles sont des personnages emblématiques de certains quartiers, un repère, comme Marcelle, Gisèle et Michèle, dite Dalida, qui tenaient jusqu'en 2012 Les Deux Sœurs à Marseille. Ce bistrot était l'âme du quartier de la Belle de mai. Il ne fallait pas avoir les oreilles fragiles dans ce lieu, tant le bruit et surtout les mots familiers, pour ne pas dire grossiers, étaient monnaie courante. C'était un bistrot familial, tenu par trois sœurs (allez savoir pourquoi il s'appelait Les Deux Sœurs !) qui donnaient aux clients le sentiment de se sentir à la maison.

Au début du siècle dernier, à Lyon, beaucoup de bougnats, ces cafés ouverts par des Auvergnats, étaient tenus par des femmes qu'on surnommait « les mères ». La mère Brazier était de celles-là. Issue d'une famille de paysans, Eugénie Brazier apprend à la ferme les rudiments de la cuisine de Bresse. Plus tard, alors qu'elle est employée comme nourrice dans une riche famille, elle remplace la cuisinière tombée malade. Elle a vingt ans, et elle vient de trouver sa vocation. Elle part en apprentissage chez la mère Fillioux, qui tient un bouchon à Lyon. Le 19 avril 1921, Eugénie Brazier ouvre son propre bouchon, qu'elle appelle La Mère Brazier. Très vite, sa réputation la précède et le grand critique gastronomique Curnonsky dira d'elle qu'elle est la meilleure cuisinière du monde. Elle sera la première cheffe, hommes et femmes confondus, à obtenir deux fois trois étoiles au Michelin, et elle formera d'autres grands cuisiniers, tels que Paul Bocuse et Bernard Pacaud.

Les patronnes de café ont souvent été des mécènes pour les artistes en leur permettant de manger gratis en échange d'un dessin. Ainsi faisait Annette Boutiaut, plus connue sous le nom de mère Poulard, qui ouvrit son fameux restaurant au Mont Saint-Michel en 1888 et qui avait pour spécialité, en plus de sa délicieuse omelette, d'être particulièrement affable avec ses clients.

Lorsque j'étais petite, mon père m'emmenait presque chaque semaine déjeuner avec lui au Bougainville, alors tenu par Madame Morel. Madame Morel était une telle caricature de la tenancière revêche qu'elle donnait l'impression de sortir tout droit d'un roman. Jamais un sourire, jamais un bonjour, aussi large que haute. On baissait le regard lorsqu'on passait devant elle. Elle se tenait toujours à la même place, derrière la caisse pour faire les comptes. Son fils, qui travaillait avec elle, tremblait de peur lorsqu'elle ouvrait la bouche, puisque c'était toujours pour lui faire un reproche. Chaque service du midi se terminait par une engueulade mémorable entre elle et sa serveuse Josiane, qui jetait souvent son torchon par terre en criant qu'elle ne reviendrait plus bosser. Ces cris étaient le quotidien des journalistes du *Nouvel Obs*, qui semblaient plutôt s'en amuser. Mon père a fait de nombreux dessins montrant ces deux femmes en train de s'empoigner.

Pas très loin, une autre patronne était emblématique, mais bien plus aimable. Seuls les noctambules ont la chance de la connaître. Chez Carmen n'ouvre pas avant vingt-trois heures et ne ferme sa porte noire qu'à neuf heures du matin. Ce petit bar est un phare dans la nuit parisienne. Je me souviens du regard bienveillant que ce petit bout de femme posait sur nous. J'ai passé de jolies fins de nuit Chez Carmen, où des inconnus, après avoir dansé pendant des heures, allaient prendre leur petit déjeuner bras dessus, bras dessous, comme s'ils se connaissaient depuis toujours. C'était joyeux et un peu fou.

L'une des dernières vraies bistrotières, comme on n'en fait plus, est morte en 2021. J'ai le regret de n'être jamais allée au Café du Coin, chez Jeannine Brunet, dite la mère Lapipe, au Mans. Un autocollant à l'entrée prévenait le passant : son bistrot était « interdit aux cons », ça donnait le ton. Avec sa gouaille, cette patronne au caractère bien trempé et au vocabulaire fleuri aurait pu être le personnage d'un film de Bertrand Blier. Toujours la pipe au bec, elle fumait allègrement à l'intérieur de son café, tout comme ses clients. La loi, très peu pour elle ! La mère Lapipe était aussi connue pour être la plus grande fan de Johnny (encore lui, désolée) de la Sarthe. Des photos de la star occupaient une bonne partie du café, au milieu de statuettes de la Vierge, de chapelets et de vieux briquets collés aux murs. Jeannine Brunet ouvrait à 16 h 30 et fermait quand elle en avait marre. Le départ d'un tel personnage a laissé un grand vide dans ce quartier du Mans, et tous ses habitués se sentent un peu orphelins.

Les cafés des autres

Comme je l'ai déjà écrit, chacun de nous a un café qui lui tient particulièrement à cœur. Soit parce qu'il y a passé des heures à rêver ou à créer, soit parce qu'il y a fait une rencontre qui a changé sa vie, soit parce qu'il y a trouvé refuge. Les cafés sont les compagnons de nos vies, aussi voulais-je donner la parole à des personnalités que j'aime et admire pour qu'elles me parlent des leurs. Je les remercie de leur confiance et de leurs mots.

Louis Garrel, comédien

Bien que Louis ait grandi dans le 9e arrondissement, c'est dans le Quartier latin que se trouve le café qui a tenu une place plus importante que les autres dans les débuts de sa vie de jeune adulte. Il s'agit du café Danton, place de l'Odéon. Il doit son nom à l'imposante statue en bronze du révolutionnaire qui harangue le peuple et donne le sentiment d'être vivante tant le mouvement a été admirablement recréé par Auguste Paris. Ce monument a été dressé là où se trouvait la maison de Danton.

Le café est placé entre trois cinémas et à quelques pas du théâtre de l'Odéon. Louis adorait voir le flot des gens qui se rendaient au théâtre. Il attendait la fin de la représentation – c'est dire s'il restait longtemps – pour écouter les critiques des spectateurs venus prendre un verre ou grignoter un morceau. Il se plaçait contre l'une des immenses baies vitrées qui donnent l'impression d'être dans la rue : « On ne rate rien, on voit tout. » Louis y venait si souvent que le patron, devenu un complice de ces moments, est celui auprès de qui il se réfugia lorsqu'il fut pris à partie et frappé un soir place Saint-Michel. On lui mit de la glace sur l'œil, où un hématome se formait.

Le Danton n'a bien heureusement pas changé. Il reste le café des cinéphiles.

Valérie Perrin, romancière

Lors des vacances scolaires, Valérie allait à Rupt-sur-Moselle, un petit village des Vosges, chez ses grands-parents. Sa grand-mère y tenait le café Foppa et son grand-père avait un magasin de fioul et charbon juste à côté. Valérie adorait jouer dans le café et aider sa grand-mère, en respirant cette ambiance si particulière parfois doublée de l'odeur, bien moins agréable, du café bouilli – imbuvable ! Elle dormait dans la chambre de son arrière-grand-mère, au-dessus de la grande salle. Son oncle habitant juste derrière, elle retrouvait souvent ses cousins. Au Foppa, à part deux, trois papys le matin, il n'y avait personne, alors quand une voiture s'arrêtait pour laisser sortir une famille qui venait prendre un Orangina ou un diabolo, c'était l'événement ! Valérie s'est inspiré de ce lieu pour créer le café de Lucien et Hélène, les héros de son premier roman, *Les Oubliés du dimanche*.

Ses grands-parents ont fini par vendre, mais le café a fermé définitivement cinq ans plus tard. C'était il y a quarante ans. Récemment, Valérie est passée avec ses parents devant cette maison de son enfance ; joli clin d'œil, l'enduit, partiellement tombé, laissait voir le nom du café.

Bruno Solo, comédien

Élève au lycée Sophie Germain, dans le 4e arrondissement de Paris, Bruno découvrit l'univers des cafés en passant le plus clair de son temps libre aux Chimères, rue Saint-Antoine. Pour lui, ce nom, qui vient des deux chimères en pierre encadrant l'entrée du petit bistrot, était un encouragement à être rêveur et lucide à la fois. Deux qualités nécessaires lorsqu'on se trouve à mi-chemin entre le monde des adultes et celui de l'enfance. Les Chimères sont au centre du « triangle d'or collégial » du Marais, les élèves des collèges Charlemagne, Victor Hugo et Sophie Germain s'y retrouvaient donc. Comme ils n'avaient pas d'argent, Bruno et ses copains prenaient un ballon de limonade, c'était ce qu'il y avait de moins cher. Bruno séchait souvent les cours pour assouvir sa passion frénétique, « flippérique », comme il dit, du flipper qui se trouvait dans le fond de la salle. C'est aussi dans ce café qu'il fit sa première déclaration amoureuse, sous l'œil attendri des deux immenses oiseaux de paradis en mosaïque, à une fille qui n'était pas dans sa classe. Pour la croiser, il était bien obligé de manquer certains cours… Quand il commença le théâtre au lycée, c'est aux Chimères qu'il vint apprendre ses textes.

Arielle Dombasle, comédienne

Je recueille les mots d'Arielle dans un café, après la projection de son film *Les Secrets de la princesse de Cadignan*, dans lequel j'ai eu la chance de jouer. Dans les volutes de fumée de sa cigarette, elle me confie que la vie sans les cafés serait impossible. Selon elle, le café est le meilleur marqueur de la liberté d'un pays. C'est un lieu de rendez-vous, de rencontre et d'observation.

Arielle a grandi à Mexico, elle rêve depuis toute petite d'aller au café et doit attendre ses quatorze ans pour découvrir La Habanera, café littéraire où elle admire *los chicos*, *las chicas*, observe *los rebeldes intelectuales* et découvre le monde de la mode. En arrivant à Paris à dix-huit ans, la jeune fille n'a qu'un souhait : se rendre dans les cafés légendaires ! Le Flore l'intimide, aussi pousse-t-elle la porte d'un autre café qui sera fondateur, Le Twickenham, situé au croisement de la rue de Grenelle et de la rue des Saints-Pères, voisin de deux grandes maisons d'édition, Fayard et Grasset. C'est dans ce café éditorial, prolongation des bureaux des directeurs de collection et des attachés de presse, qu'Arielle retrouve celui qui allait devenir son grand amour puis son mari, Bernard-Henri Lévy, écrivain et philosophe qui avait fait de ce lieu son quartier général. Arielle avait vingt-deux ans, et ces rendez-vous ont fait basculer sa vie. Elle me raconte que BHL était tellement chez lui dans ce café qu'il en avait les clés et qu'il lui est parfois arrivé d'y dormir ! Arielle se souvient de l'atmosphère enfiévrée qui régnait et de tous les auteurs éconduits qui venaient noyer leur peine au bar. Le Twickenham a fermé ses portes en 1991.

Arielle se remémore aussi un autre café : alors qu'elle conduit sur le périphérique sous un orage cataclysmique, le capot de son Austin se lève brusquement et se plaque sur son parebrise. Terrifiée, elle arrive malgré tout à sortir Porte de Saint-Ouen et se réfugie en larmes dans le premier bistrot qu'elle aperçoit : un vrai troquet à l'ancienne. Elle demande un thé, ce qui fait bien rigoler le patron qui ne doit pas avoir l'habitude d'en servir. Celui-ci revient finalement avec une toute petite théière jaune qu'il a dénichée Dieu sait où. Arielle n'a pas oublié la gentillesse absolue, sous ses airs bourrus, de ce cafetier d'un autre temps. « Tenez, une petite théière jaune, rien que pour vous ! » La voilà consolée…

Valérie Solvit, communicante

Lorsque je demande à Valérie de me parler d'un café qui l'inspire, elle pense tout de suite à son grand-père, qui avait traversé l'Europe de l'Est pour venir vivre à

Paris, et à son amour pour le Café de la Paix, à côté de l'opéra Garnier. Il répétait à sa petite fille que Paris était la ville où il fallait être, celle de la liberté et de la poésie, que Paris et ses cafés, c'était merveilleux! Il prenait Valérie chaque week-end avec lui et l'emmenait très tôt le matin pour petit-déjeuner au Café de la Paix. Elle se souvient du croustillant des croissants, du café crème dont la couleur était pour elle celle du manteau vigogne de cet homme qu'elle aimait tant. C'était chaque fois comme un conte de fées.

Enfant, Valérie passait toutes ses vacances à l'île de Ré. Lorsqu'elle ne dégustait pas un pain bagnat au Café du Commerce, c'est aux Frères de la Côte qu'elle passait l'après-midi, sous l'œil bienveillant et vigilant de Jeanine, la patronne, qui la gardait pendant que ses parents partaient en régate. À l'époque, ce bar était une simple buvette sur la plage. C'est là qu'elle a découvert les colliers de bonbons. Aujourd'hui encore, ses yeux pétillent quand elle se rappelle ce goût acidulé mêlé au sel de la mer.

Éric Pfalzgraf, entrepreneur et coiffeur

Avant de fonder à dix-neuf ans sa ligne de salon de coiffure, Coiffirst, Éric grandit à Strasbourg dans une famille de restaurateurs. Il vit avec ses parents et sa sœur juste au-dessus du restaurant, dans un appartement qui a la particularité de n'avoir pas de cuisine. Pas d'autre choix, donc, que de prendre tous leurs repas, même le café du matin, au resto. Aujourd'hui encore, Éric refuse d'avoir une machine à café chez lui : le café se prend au café ! Il aime être au comptoir. Pour lui, cet emplacement signifie qu'on est ouvert à l'échange avec un inconnu. La discussion, sous ses airs superficiels, peut devenir une psychanalyse urbaine. Son café de prédilection est le Bar du Marché – BDM pour les habitués –, que j'ai tant décrié dans ma jeunesse. Il est situé à quelques mètres de son salon de coiffure, rue de Buci. Éric se met au bar, pour être au milieu de la mêlée, un peu comme dans un mirador, un phare. Ce qu'il aime dans ce lieu, c'est la différence d'état d'esprit qu'il y a entre les clients de la terrasse, de la salle et du comptoir. Installé ainsi, il voit passer ses coiffeurs, ses clientes. Tous savent où le trouver. Éric n'est pas du genre à s'éterniser, il se tient là juste le temps d'un café, il aime l'énergie de la boisson autant que celle du BDM, dont la lumière jaune, la boule à facettes, les mosaïques fissurées çà et là, l'ambiance orangée donnent une atmosphère pétillante, pleine de vie.

Loulou Robert, écrivaine

Loulou n'écrit que dans les cafés. Depuis le lycée, elle a besoin de bruit et d'être au milieu d'inconnus pour se concentrer. Après les cours, elle pouvait y rester des heures. Aujourd'hui, elle y fait naître ses romans. C'est au Strada Café, dans le 3e arrondissement de Paris, qu'elle descend un matin après avoir eu l'idée d'un texte pendant la nuit. Son premier roman, *Bianca*, voit entièrement le jour dans ce lieu. Dans les cafés, Loulou a ses habitudes, ses rituels, sa table attitrée. Comme elle n'aime pas le café, elle doit trouver un bistrot où le chocolat chaud ou le chaï soient à la hauteur.

Depuis trois ans, Loulou vit à Tours, et il lui a fallu autant de temps pour trouver les cafés où elle se sent bien, à l'aise pour écrire. Il y a d'abord eu le Cubrik, un bar à jeux dont le mouvement et la vie l'inspirent. Elle y écrit soit au comptoir, soit sur une table haute au milieu de la salle, toujours avec de la musique dans les oreilles. Vient ensuite le café Collette, tout petit endroit qui, avec ses canapés en velours et son parquet blanc, donne à Loulou l'impression d'être dans un cocon. C'est d'ailleurs là qu'elle s'est installée pour écrire son prochain roman…

Jérôme Attal, écrivain

En matière de cafés, Jérôme est un chat : il en choisit un plutôt qu'un autre selon la saison, et ce dans un périmètre réduit. Lorsqu'il arrive à Paris à dix-neuf ans, il découvre en même temps les livres et les cafés, où il écrit son journal intime. Il s'installe rue du Regard, petite rue discrète du 6e arrondissement, et cantonne ses cafés dans un « triangle des Bermudes » entre les boulevards Raspail, Saint-Germain et Saint-Michel. Ces cafés correspondent chaque fois à un moment de vie, ils sont comme des îles sur lesquelles il séjourne pendant une petite période. Il va tour à tour au Petit Suisse, à la sortie du jardin du Luxembourg, au Rouquet dont les vitres immenses permettent d'avoir une vue imprenable sur le boulevard Saint-Germain, au Vieux Colombier, qu'on appelle « Le Vieux Co » et d'où on entend les cloches de Saint-Sulpice, au Chai de l'Abbaye, ou encore au café Madame, s'il veut retrouver « une ambiance Loulou Robert », qui a souvent écrit dans ce café. Il y a aussi, bien sûr, le Café de la Mairie, dont Jérôme parle dans son *Petit éloge des chats* !

Erwan Larher, écrivain

C'est au bar-tabac Le Gaulois, à Aix-en-Provence, juste à côté de la cathédrale et en face de l'institut d'études politiques où il étudiait avant de travailler dans la musique, qu'Erwan passait son temps avec ses potes lorsqu'il n'était pas en cours. Ce bar, qui n'a rien de branché, était tenu par la truculente Ginette, qui les appelait « mes petits » avec son accent chantant. Au Gaulois, ils révisaient, disputaient des parties endiablées de flipper ou de 421. Souvent, la nuit, Ginette baissait le rideau de fer et leur laissait les lieux, qui accueillaient alors des fêtes mémorables. Erwan se souvient d'un soir particulièrement mouvementé où un homme a tiré dans la vitrine pour tuer l'amant de sa femme. Pas de blessés, heureusement, mais un sacré ramdam !

Ce qu'Erwan aimait le plus dans ce bistrot, c'est qu'il s'agissait d'un lieu de rencontre. Les étudiants se mêlaient aux mecs qui étaient au pastaga depuis huit heures du matin ou à ceux qui jouaient au loto. C'était l'époque où le paquet de clopes était à quatre francs et où fumer n'était pas un problème. Le Gaulois, c'était la vraie vie avec de vraies gens. C'est là qu'Erwan a découvert l'existence du mazout, un mélange pastis-coca contre la gueule de bois ! Mais il a toujours refusé d'y goûter… Dans son premier roman, *Qu'avez-vous fait de moi ?*, il parle de ce bar et de Ginette.

Lorsqu'il arrive à Paris, il fait du Sans-Souci, dans le quartier de Pigalle, son nouveau QG. Il aime le côté populaire, authentique, de ce bar dont Kessel s'est inspiré pour écrire *La Passante du Sans-Souci* et où le bruit du flipper se mêle aux conversations des prostituées qui prennent souvent un verre avec ses potes et lui. De tels bistrots, avant les téléphones portables, étaient des lieux stratégiques où l'on savait que l'on pouvait retrouver ses amis.

Jean Benguigui, comédien

C'est au Café de la Poste, rue Serpente, que Jean retrouvait ses copains de la Sorbonne. Ce tout petit troquet, tenu par une ancienne maîtresse de bordel, était resté dans son jus et les vieilles personnes qu'on y croisait connaissaient probablement le 6e arrondissement depuis le début du siècle.

Par deux fois, Jean a joué des rôles de bistrotier, dans *Le Grand Pardon* et dans *Les Fugitifs*, sur le tournage duquel il a failli mourir quand un camion conduit par Gérard Depardieu a embouti le bar derrière lequel il se trouvait. Le câble de sécurité qui retenait le véhicule avait cédé et Jean Benguigui a été heurté de plein fouet. Depardieu est descendu et a hurlé : « Je l'ai tué ! Je l'ai tué ! » On a transféré Jean, inconscient, à l'hôpital de Corbeil-Essonnes pour un scanner : il n'avait rien… Un miracle !

Lorsqu'il joue au théâtre, Jean adore retrouver sa troupe dans un bar avant ou après la représentation. À l'époque où il y avait encore des œufs durs sur les comptoirs, il s'amusait à mettre des œufs frais à la place… Place du Trocadéro, dans le grand café Malakoff, dont toute l'équipe était fort désagréable, Jean avait réussi à choper le timbre de voix d'un des serveurs pour envoyer de fausses commandes. La caissière se retrouvait ainsi avec des plats que personne n'avait commandés.

Jean-Claude Casadesus, chef d'orchestre

Lorsqu'ils étaient élèves au lycée Henri IV, Jean-Claude et ses copains s'adonnaient à de longues parties de baby-foot au Capoulade, bistrot en bas de la rue Soufflot. Ce lieu mythique du Quartier latin, qui remplaça en 1900 une librairie-imprimerie, se nommait au départ La Taverne du Panthéon puis fut rebaptisé Capoulade en 1934. À l'époque où Jean-Claude fréquentait ce café, le Capoulade portait le nom de son propriétaire, qui était par ailleurs violoniste. Malgré son talent, il n'arrivait pas à percer... Il disparut quelques années, pour revenir avec un nom russe et l'accent qui allait avec ; il fit finalement fortune !

Après ses études, Jean-Claude devint batteur et joua au Tabou avec René Urtreger. Il se mit à fréquenter régulièrement le Club Saint-Germain – dirigé par son oncle –, où il emmena un soir Lacan. Mais avant, c'est au Flore qu'il allait boire des coups. Bud Powell lui emprunta même cinq francs pour se payer un whisky avant d'aller jouer au club. Plus tard, lorsqu'il devint chef d'orchestre, c'est au Sans-Souci, à l'angle de la rue Pigalle et de la rue de Douai, que Jean-Claude réunit ses musiciens après les répétitions. Depuis que le Sans-Souci a fermé, il a ses habitudes au Corso, grand café de l'avenue Trudaine où il aime retrouver ses amis.

Nathalie Rykiel, écrivaine

Le Twickenham est un pub d'esprit anglais qui tient son nom d'un stade de rugby en banlieue de Londres. Après Arielle Domballe, c'est au tour de Nathalie Rykiel de me confier son rapport singulier à ce café. Elle y a passé une grande partie de son adolescence. Lorsque sa mère, Sonia Rykiel, inaugure sa première boutique rue de Grenelle en 1968, ce coin du 6e arrondissement de Paris, alors exclusivement éditorial et littéraire, ouvre ses portes au monde de la mode. Avant que Sonia n'y prenne ses quartiers, ce lieu était un magasin d'antiquités. Nathalie adorait les box où l'on pouvait s'asseoir à quatre et qui, pour certains, avaient même leur propre combiné téléphonique, modernité inouïe !

Le café ouvrait à midi, mais les habitués pouvaient s'installer plus tôt en passant par la petite porte de la rue de Grenelle. C'est dans ce lieu, au cours d'un déjeuner, que sa mère lui demande de défiler pour elle. Nathalie a vingt ans, son père qu'elle aimait tant est mort six mois plus tôt ; cette proposition lui donne un nouveau souffle et la terrorise à la fois. Elle n'a jamais défilé ! Sonia n'était pas du genre à faire des déclarations solennelles, donc cette main tendue à sa fille était un vrai cadeau. À l'époque, les défilés avaient lieu dans la boutique de 40 m^2. Il y avait cinq mannequins, et le maquillage ainsi que les changements de tenues se faisaient dans le bureau de Sonia. Les filles défilaient sur de la poésie lue par la créatrice. Comme la boutique était vraiment petite, il y avait plusieurs défilés dans la journée et, en guise d'entracte, tout le monde se retrouvait pour boire des verres au Twickenham ; c'était joyeux et beau ! C'est aussi dans ce café que Sonia est allée travailler son premier roman, *Et je la voudrais nue*, avec Jean-Paul Enthoven.

Guy Savoy, chef cuisinier

Guy grandit à Bourgoin-Jallieu, en Isère. Sa mère y tient une petite buvette, qu'elle transformera par la suite en restaurant rapide, puis en restaurant renommé qu'elle baptisera L'Esplanade. Mais c'est au Café des Sports, repère de rugbymen tenu par un ancien joueur, que Guy Savoy retrouve ses amis pour jouer au flipper après les matchs. Jusqu'à ses seize ans, son cœur balance entre le rugby et la cuisine… On sait ce qu'il choisira. « Avec la cuisine, on est dans le concret, dans l'instant, et on peut goûter ce que l'on fait. »

Lionel Jospin, homme d'État

« Toute ma vie, j'ai évité les cafés. Je veux dire : ceux où l'on va tout seul, pour siroter son petit noir ou enchaîner les pastis. Ils me paraissent tristes ou dangereux. Mais j'ai fréquenté assidûment les cafés-restaurants pour y boire et y manger avec mes proches, mes camarades ou mes amis. On riait beaucoup et il arrivait qu'on refasse le monde – qui en avait déjà besoin.

Lequel, parmi tous ces lieux, m'est le plus cher ? Peut-être Le Rouquet, boulevard Saint Germain. C'est celui de mes années d'études à Paris, celui où nous décidions, à coups de 421, qui paierait les cafés de tous. Mais le temps de ma jeunesse est bien loin. Je garde aussi précieusement en mémoire Le Gabelois, à Cintegabelle. Par chance, il était juste en face de ma permanence lorsque j'étais député de la Haute-Garonne. On y accédait en gravissant quelques marches. L'accueil était simple et chaleureux. Nos déjeuners de travail ou de détente avaient lieu là, au milieu des gens du village – agriculteurs, s'ils pouvaient prendre un peu repos, joueurs de foot, de rugby ou de pétanque, sans parler des routiers de passage. Dès que j'entrais, la patronne s'assurait qu'il y avait bien des œufs mayo au menu. Dans la salle, on humait l'atmosphère du coin et, parfois, de la région. On s'adressait à moi de façon directe et courtoise. Au Gabelois, j'ai toujours été heureux… et plus encore les soirs de victoire ! »

Pierre Passebon, galeriste

« En rentrant du Vietnam, mon père s'installa comme médecin généraliste à Montmorillon. Je quittai la Touraine et ma famille maternelle pour le rejoindre dans cette petite sous-préfecture du Poitou. La meilleure amie de mon père était montmorillonnaise, lorsque je fis sa connaissance elle s'appelait encore Régine Spengler, mais elle allait devenir la célèbre éditrice et auteure Régine Deforges. Plus tard, elle m'accueillit chez elle pour ma première année d'études à Paris, après mon service militaire.

À mon arrivée à Montmorillon, j'intégrai un petit groupe de garçons et filles du lycée. Notre point de ralliement était le Café du Commerce, qui avait l'avantage d'être situé sur le chemin de la piscine municipale et de rassurer ainsi nos parents à qui on justifiait nos rendez-vous par un "Je vais à la piscine !" désinvolte.

Le décor et les boissons nous plongeaient dans un univers de bande dessinée : formica de couleur et onomatopées (Pschitt, Pam-pam, Schweppes). Il n'y avait ni drogue ni alcool, nous avions quatorze ans et notre obsession était, entre autres, d'embrasser les filles sur la bouche. Projet ardu à cause d'une technique qui nous dépassait et de la crainte pour certaines de nos copines de tomber enceintes par nos fougueux baisers. Nous étions très naïfs et joyeux. J'avais, comme tout fils de médecin, le prestige auprès de mes copains (secret total pour les filles) de donner accès au dictionnaire médical de mon père. Les organes génitaux illustrés et l'apocalypse des maladies vénériennes nous fascinaient. Le désir et la culpabilité réunis en un seul volume. Je n'avais pas encore conscience de mes véritables désirs et, pourtant, le fait d'être le chouchou et le confident des filles aurait pu me mettre la puce à l'oreille. Les filles de notre âge étaient beaucoup plus mûres et plus malines que nous. Elles nous considéraient comme des "gosses" et attendaient le Grand Amour de la part d'un "vieux" de seize ans. Nous les détestions, ceux-là, surtout quand ils arrivaient à mobylette, nous qui n'avions que des vélos. Déjà, les concours de puissance entre garçons et les concours de beauté entre filles. Elles étaient toutes accro à la mode qui venait forcément d'Angleterre, comme les Beatles. Faire semblant de comprendre les paroles des chansons en anglais nous rendait adultes. Comme la messe en latin, c'était beaucoup plus magique.

La mode vestimentaire était colorée : pull en Shetland qui grattait horriblement, pantalon de velours mille raies pastel, chaussettes Burlington à damier, mocassins américains Weston fabriqués à Limoges. Tout aussi exotique était le flipper au décor Las Vegas et au *tilt* enchanteur. L'onomatopée nous indiquait que tout jeu a une fin, et nous n'avions pas conscience qu'il en serait de même pour notre adolescence.

Il y avait aussi des parties de Yam's. Tous ces jeux ennuyaient les filles, qui préféraient le jukebox en attendant la prochaine boum pour aller danser. Nous rêvions tous de nous projeter dans l'avenir en négligeant d'apprécier le vrai bonheur de notre candeur et de notre jeunesse.

Merci au Café du Commerce d'avoir scellé tous ces souvenirs. »

Le café des larmes

J'ai longtemps hésité à écrire ce chapitre… Mais les cafés ne sont pas uniquement des lieux de fête, de rencontre et de baisers échangés dans un coin. Ce sont aussi des endroits marqués par de grands chagrins et des basculements que l'on aurait aimé ne jamais connaître.

Lorsque j'ai raconté nos manifestations au lycée qui prenaient leur départ au Boul'mich, je me suis engagée à revenir sur le dernier moment d'insouciance et de légèreté que j'ai vécu à la terrasse de ce café il y quatre ans. C'était le 31 octobre 2019, il était à peine neuf heures et, malgré le froid, j'avais voulu rester dehors pour fumer une cigarette. Poussée par Baptiste, j'avais rendez-vous pour une mammographie. Je m'imaginais l'appeler juste après l'examen et me moquer de ses craintes. Ma gynéco ne m'avait-elle pas dit qu'elle ne sentait rien du tout ?

Malgré tout ce que je cherchais à me raconter pour me rassurer, je sentais une ombre planer sournoisement. J'avais hâte de rentrer à la maison et de serrer dans mes bras mon petit garçon et ma toute petite fille dont on allait fêter le premier anniversaire le 4 novembre. Pour empêcher mon cerveau de s'emballer, je regardais passer les gens qui cherchaient à se protéger du froid en remontant le col de leur veste, je pensais à ma vie d'avant dans ce quartier où j'ai grandi, à nos slogans criés dans ce café, à toute cette joie qui accompagna ma vie de lycéenne, au jour où, avec Ève et sa mère, Coca, nous étions allées voir *Les Visiteurs* au cinéma juste à côté. Coca riait tellement et si fort qu'avec Ève on en rigole encore. Moi qui aimais tant ces cafés matinaux au bistrot et cette première cigarette de la journée, comment aurais-je pu imaginer que celle-ci serait la dernière ?

Lorsque mon tour est venu de me soumettre à l'examen, j'ai pensé à ma mère et j'ai cherché à réentendre sa voix lorsqu'elle me disait : « Tout ira bien, mon bel amour. » J'ai compris tout de suite, en voyant l'attitude de la médecin, que quelque chose n'allait pas. Comment décrire le froid intense qui vous enveloppe dans ce genre de moment, cette peur qui écrase tout et vous donne le sentiment d'étouffer et de perdre pied ? Cette médecin a eu l'honnêteté de prononcer le mot tout de suite. Il n'y avait pas de doute, c'était bien un cancer. Vertige. Je n'ai pas pensé à moi, mais à Baptiste : comment allais-je lui annoncer la nouvelle ? Et aux enfants ? À mon père ? Et puis, cela est fou, mais c'est souvent le cas chez ceux qui traversent ce genre d'épreuve : j'ai eu honte. Honte de quoi ? Pourquoi ? Je ne sais pas…

La médecin m'a demandé de revenir deux heures plus tard pour faire une biopsie. Je n'allais pas rentrer chez moi dans le 18e arrondissement, j'allais devoir attendre dans un café. Dans la rue, la tête me tournait, l'angoisse givrait ma respiration. Je suis arrivée essoufflée et tremblante à La Gentilhommière, place Saint-André-des-Arts, au bout de la rue qui m'a vue naître, qui m'a vue marcher petite fille tenant la main de ma mère, qui m'a vue jeune fille embrasser un garçon… Et qui me voit ce matin penser à la mort. Elle plane, la vicieuse, il me semble l'entendre ricaner. Comment vais-je le dire à Baptiste ? Je regarde mon téléphone qui dans quelques instants va se transformer en bombe. Notre vie va basculer, je le sais, et je me hais de faire cela à ma famille. La première personne que j'appelle, comme toujours lorsque quelque chose de bien ou de mal se passe, c'est Ève. Elle travaille à quelques rues, elle arrive. En l'attendant, j'appelle Baptiste.

Après la biopsie, la médecin m'a dit que je ne mourrais pas mais que selon toute évidence on allait devoir enlever mon sein. Avec Baptiste et Ève, nous avons marché en silence jusqu'au café Jade, l'ancien Dauphin. Pourquoi, lors de ces heures terribles, ai-je choisi de me réfugier dans ces lieux d'enfance ? La mienne est définitivement morte ce dernier jour d'octobre.

Si je raconte cela ici, c'est aussi pour rappeler l'importance du dépistage. J'enrage lorsque je vois les pubs qui recommandent aux femmes de faire des mammographies à partir de cinquante ans ! À l'hôpital, j'étais loin d'être la plus jeune en chimio. Aujourd'hui, je vais bien car ce cancer a été pris en charge à temps, grâce à Baptiste. Il m'a sauvé la vie.

Michel et Le Dindon

J'ai su très vite que Baptiste serait l'homme de ma vie, celui avec qui, enfin, l'avenir prendrait une jolie teinte. Cette évidence m'est apparue dès notre deuxième rendez-vous, lorsqu'il m'a emmenée dans un bistrot qui lui tenait particulièrement à cœur. Il y allait depuis ses dix-huit ans et y avait fait des soirées mémorables. Le patron était un peu comme un grand cousin. Me présenter à Michel, je l'ai compris après, était une forme de mise à l'épreuve. C'était la première fois que j'allais rencontrer un ami de Baptiste. Je ne vous dis pas mon émotion lorsque j'ai lu le nom de la rue dans laquelle se trouvait le bistrot. Rue Beautreillis… Rares sont ceux à qui ce nom parle. Il m'a fait rêver toute mon adolescence, car c'est dans cette rue que se trouvait l'hôtel de Peyrac, devant lequel Angélique se présenta lorsqu'elle arriva à Paris après l'arrestation de Joffrey. C'est dans cet hôtel, qu'elle racheta des années plus tard, qu'elle eut la certitude que son mari n'était pas mort brûlé en place de Grève. Mais je m'égare... Ceci dit, ce fut, avant même d'avoir poussé la porte du bistrot, un joli présage.

J'ai tout de suite, un peu comme un coup de foudre, aimé Le Dindon en laisse et Michel, qui après m'avoir bien regardée de haut en bas m'a souhaité la bienvenue avec son irrésistible sourire en coin. J'étais adoubée, et que mon mec puisse aimer ce genre de bistrot, où seule compte l'authenticité et la légèreté, m'a rendue un peu plus amoureuse.

Je ne pouvais écrire ce petit éloge sans parler de Michel, qui incarne pour moi l'essence même du bistrotier et la poésie de ce métier. Avec lui, j'ai rencontré le cafetier de mes rêves, à la fois goguenard, grivois, généreux et poète.

Mais Michel vient de vendre. Michel a vendu. Et une putain de tristesse plane dans son regard et dans celui de tous ses clients. Plus rien ne sera comme avant.

Michel a toujours su qu'il finirait dans un café. C'était dans ses gènes, comme il dit. Enfant, il traînait au bar que son grand-père tenait dans un village de Haute-Savoie. Avant d'ouvrir Le Dindon en 1999, il a écumé pour son propre plaisir presque tous les troquets de France et de Navarre. Les cafés ont toujours été pour lui une seconde maison ; il y a séché les cours, appris à jouer au tarot, aux échecs, à la belote, à rouler des pelles. Mais pour tenir un café, il faut avoir vécu, il faut avoir des choses à raconter. Alors Michel a eu mille vies et un grand amour. Lorsque celui-ci est mort, Michel s'est perdu pendant un an dans la nuit et l'alcool et, pour ne pas se foutre en l'air, a ouvert avec l'aide de plusieurs amis Le Dindon. Lorsque tu ouvres un café, selon Michel, c'est un peu comme si tu entrais en religion. Parce qu'un bistrot, c'est pas fait pour faire du fric, mais pour écouter les gens, leur faire du bien, les cajoler, les engueuler aussi. « Le bistrot, c'est un sacerdoce. Tu entres à l'église et t'enfiles ta soutane. »

Michel me le répète encore et encore : « Faut avoir vécu pour tenir un tel lieu, c'est ça qui rassure les gens. Parce que tu racontes ta vie dans un café, autant qu'on se confie à toi. Si t'as pas de personnalité, t'es pas patron de café, tu tiens une brasserie d'angle et tu fais du chiffre et du fric. C'est vrai, tu n'as plus vraiment de vie privée, mais t'as une vie tellement plus intense ! »

Michel pousse un cri de désespoir ; ça le flingue qu'on tue ainsi les bistrots. Alors qu'ils sont faits pour faire du bien aux gens, pour les aider. L'État devrait les subventionner pour éviter que les patrons passent plus de temps dans la paperasse qu'à écouter les clients. Mais les confinements successifs et le PGE (prêt garanti par l'État), les ont fauchés. Quel café indépendant peut réellement le rembourser sans se mettre sur la paille ? Aujourd'hui, dès qu'on chante un « bon anniversaire » en terrasse à 10 heures, les flics débarquent, si un tenancier n'honore pas tout de suite une traite à la banque, les banquiers lui tombent dessus… Tous ces emmerdements, c'est la mort programmée des bistrots. Alors qu'un café, c'est la vie. Michel reconnaît qu'il n'a jamais gagné d'argent avec son Dindon. C'est bien connu, les gens généreux font faillite…

Au Dindon, combien de personnes sont arrivées seules et sont reparties amoureuses ou en galante compagnie pour une nuit ? Combien de solitudes se sont ouvertes aux autres ? Ah, si la table centrale pouvait parler… Michel l'a fait construire pour qu'elle soit « à la hauteur parfaite ». Je ne suis plus assez naïve pour lui demander de développer !

Pourquoi ce drôle de nom du Dindon en laisse ? Michel sourit et laisse s'échapper un peu de fumée de cigarette. Après l'ouverture, il cherchait un nom pour son café dans la grande tradition des bistrots, tels que Le Chien qui fume, Le Bœuf sur le toit, La Langouste amoureuse. Ces noms l'ont toujours fait marrer. Un dimanche, alors qu'il se trouve à une fête de campagne, il trinque de nombreuses fois avec un éleveur de dindons. Michel ne le croit pas lorsque ce dernier, fin saoul, lui assure que oui Môssieur il y a des dindons blancs et que oui ils peuvent être aussi hauts qu'un grand chien. Michel rigole et laisse partir l'éleveur vexé comme un pou. Mais il fait amende honorable lorsque, quelques jours plus tard, l'éleveur débarque au café, qui se nommait encore Café Beautreillis, avec un dindon en laisse dans un carton en guise de cadeau. Il avait le nom de son bistrot, et le dindon a fini plumé dans la cour et servi aux clients.

Pour beaucoup d'enfants du quartier devenus grands, Le Dindon a été un refuge, un lieu où ils pouvaient se confier, réviser leur bac. Certains avaient même la clé pour pouvoir y aller le matin. Michel a les yeux qui brillent lorsqu'il me parle d'eux. Car ce sont eux, aujourd'hui, qui lui tendent la patte. Il le martèle à nouveau : « On rencontre des gens formidables dans un bistrot ! »

Juste avant d'ouvrir le sien, Michel avait sa table à L'Éléphant du Nil, place Saint-Paul. Lionel, le patron, est devenu un de ses copains. Un soir où Michel était là, un gamin est venu demander un morceau de pain. Ça se voyait qu'il avait faim. C'était pas la première fois qu'il venait. Cette fois-ci, Lionel a demandé au gosse si ça l'embêtait pas qu'il lui mette une tranche de jambon dedans. Le gamin a levé la tête, souri et répondu : « D'accord, mais avec du beurre et des cornichons ! » Michel l'a trouvé merveilleusement culotté, et l'a immédiatement adoubé. Depuis, ce gamin a bien grandi, il est devenu un ami fidèle sur qui Michel peut compter à son tour.

Pour entrer chez Michel, il faut le séduire, lui plaire, avoir un petit quelque chose. Il a foutu dehors plus de clients qu'il n'en a accueilli. Mais ceux qui sont restés, ils sont devenus sa famille, sa bande. Clément, venu draguer une serveuse qui, depuis, est devenue sa femme, est aujourd'hui comme un fils pour Michel ; ce dernier lui a légué son bistrot il y a déjà plusieurs années.

Dans quelques jours, on va fêter au Dindon les quarante ans de Baptiste. Ce sera la dernière fois, la dernière fête. On va danser et rire pour ne pas y penser, pour faire honneur à cet homme un peu magique qui nous a accueillis et serrés dans ses grands bras comme si nous étions ses mômes.

La complainte du bar-tabac

À Michel

La rue est bien trop calme ce soir. Sur le pas de la porte, j'attends.

Mais la nuit vient et rien ne vient. Pas même l'étudiant du sixième étage qui, avant, passait en coup de vent se prendre un paquet. Quand il avait le temps, on échangeait quelques mots. Ça nous occupait. Mais lui aussi a arrêté. Fumer est devenu *has been*. Aujourd'hui, quand t'allumes une clope, y a mille regards réprobateurs qui te tombent dessus. Alors, quand tu dis que tu tiens un tabac…

Dans mon dos, j'entends à une cadence chronométrée le verre d'André qui se pose sur le zinc, suivi de celui du bol de cacahuètes dans lequel plongent ses grosses mains. Je sais que dans moins d'une minute il va me demander une autre pinte. La cinquième. Le calva, ça sera pour après. Ça va m'occuper un instant.

« Christian, tu m'en mets une autre. »

Je réfléchis même plus tant mes gestes sont devenus automatiques. Je me fais l'effet d'un vieux robot dans un mauvais film de science-fiction des années soixante-dix. Je fatigue. Je vais me faire un café. Suis pourtant pas si vieux – même pas l'âge de la retraite. Mais est-ce que dans ce fichu métier on la prend, sa retraite ? Mon père a tenu jusqu'à sa mort, il est tombé derrière son comptoir et s'est plus relevé. Jolie mort pour un cafetier. En plus, il n'a pas vu l'époque qui vacille. Il a foutu le camp avant tous les interdits : de fumer, de faire du bruit, les taxes qui nous empêchent de prendre des vacances. Il a foutu le camp avant Internet et ses dérives, il n'a pas vu l'humain perdre son humanité à force de plus se parler. J'ai pas eu la chance d'avoir un frère, alors j'ai dû reprendre le flambeau. Mais je risque pas de m'épuiser à la tâche comme lui. Et pourtant, tous les matins, je suis crevé avant même de poser le pied par terre. L'ennui, sans doute… L'ennui, ça tue à petit feu, l'air de rien. Le métier a bien changé depuis que mon vieux est parti. Je ne sais pas ce qui est le plus dur, continuer à travailler dans un bar vide les trois quarts du temps ou rentrer dans un appart tout aussi silencieux depuis que Sylvie est partie ? Moi, j'ai pas d'enfant à qui refiler le bébé et toutes les emmerdes qui vont avec. C'est pas plus mal. C'est pas un cadeau, ce bistrot. Y a les charognes d'entrepreneurs qui passent tous les six mois pour voir si je n'ai pas changé d'avis, ou si je ne suis pas mort. Quand je suis de bonne humeur, je m'amuse à leur faire croire que j'hésite, je tortille du cul, comme dit André que ça fait bien marrer. Y a pas longtemps, ils ont réussi à faire basculer le petit bistrot au bout de la rue. C'étaient deux jeunes qui l'avaient repris moins de trois ans avant. Je me souviens quand ils sont arrivés dans le quartier, les yeux pleins d'espoir et d'innocence. J'avais pas eu le courage de les décourager. De leur dire la vérité sur ce métier qui n'a plus rien à voir avec ce qu'il était à l'époque de leurs parents. Au début de l'ouverture, les voisins sont venus par curiosité, mais très vite ç'a été la bérézina, comme l'a dit André qui aime bien rappeler qu'il est cultivé. Alors ils ont fait comme presque tous les bistrotiers de la ville : ils ont vendu. Mais moi, vendre, je m'y résous pas. Je ne sais pas trop pourquoi. Peut-être que j'espère un miracle, que cette époque de merde réalise qu'elle prend la mauvaise route et opère un virage à 360. Qu'elle abandonne son égoïsme, son entre-soi, ses réseaux sociaux qui rendent mes contemporains aussi profonds qu'une tasse à café.

« Christian, un petit calva, s'il te plaît. »

La voix d'André est devenue pâteuse, bientôt on comprendra plus un seul mot. Bientôt, je vais devoir le soutenir pour le ramener chez lui, et me casser un peu plus le dos.

Je lui sers son meilleur ami. Il me sourit et dans ses yeux je vois bien que je suis le deuxième. Les autres ont abandonné la partie y a bien longtemps. Et le voilà qui s'rappelle l'époque où ils étaient tous là, ses potes, à trinquer à la vie et à Zidane. Moi aussi je m'en souviens. On rigolait bien. C'était pas une mince affaire de les faire partir. Souvent, le rideau de fer était déjà tiré qu'il y en avait encore deux ou trois à l'intérieur. Sylvie, ça la rendait rouge que ça traîne comme ça. Puis le monde qui venait plus, ça l'a rendue blanche. Quand elle est partie pour un autre, pour une vie au soleil, elle était rose de bonheur. Elle était une femme de couleur, ma nana.

Ah, un client. À moins qu'il veuille aller aux toilettes.

Non. Il s'arrête au comptoir du tabac. Je vois bien qu'il regarde mes étagères presque vides de paquets, avec un air mi pas content, mi-désolé. En même temps, je vais pas continuer à acheter des tonnes de cartouches alors que plus personne ne fume. Plus personne ne boit non plus, d'ailleurs. Enfin, dans les cafés. Parce que je les vois, mes anciens habitués, quand je vais faire mes courses, avec leur caddie bourré de bières et de cubis de mauvais vin. Préfèrent boire seuls, accompagnés de leur téléphone qui leur sert de télé. La picole, ça leur permet d'oublier qu'ils sont malheureux.

« Vous n'avez pas de cigarette électronique jetable ? »

Même pas un bonsoir, à peine s'il me regarde dans les yeux. Je serre les dents. J'aimerais leur faire bouffer, à tous ces cons, leur vapoteuse qui nous ont mis sur la paille.

« Non monsieur (je cherche à rester poli), je ne vends pas ça. Le cancer, vous savez, il les aime bien aussi vos liquides à la pastèque dont on sait pas ce qu'il y a dedans. »

Voilà, il est parti, et moi j'ai rien vendu. J'ai jamais su fermer ma gueule.

« T'as pas… un p'tit truc à à à à à à (merde le voilà qui commence à bégayer, ça va de plus en plus vite ces derniers temps) à à à grigrigrignoter ?

– Je peux te faire un croque ou une omelette. »

Avant, dans mon bar-tabac, ceux qui venaient passer leur journée à jouer aux courses pouvaient se régaler de la cuisine de Sylvie. Le plat du jour était attendu comme le messie qui se serait léché les babines. Ils venaient même de loin, ceux qui bossaient dans les bureaux du centre-ville pour déjeuner.

« Va va va va pour l'ome l'omelettttte. »

Je vais en profiter pour m'en faire une aussi, comme ça ni lui ni moi ne dînerons seuls ce soir. On s'tiendra chaud.

Y a encore un truc qui me fait plaisir : le bruit des œufs qu'on casse, qui croustille dans mes oreilles. Ça me rappelle mon enfance, quand ma mémé me faisait des crêpes. C'est bien un truc dont on ne fait jamais le deuil, l'enfance… Elle passe notre vie à nous manquer.

Je m'assois à côté de lui au bar. Avec la télécommande, j'allume la télé pour couvrir nos silences. J'ai déjà fini mon assiette qu'il en est même pas à la moitié, tant il a du mal à tenir sa fourchette. J'aurais dû lui mettre une cuillère.

« Elle… elle elle est bonnnnnne mais mais mais mais mouuuuins qu'celle de de de ton ex… »

Ça fait toujours plaisir. Je sais bien que c'est pas dit méchamment, mais ça pique quand même. Il me redemande une pinte. Je devrais lui dire de se calmer, mais j'ai pas envie de me retrouver seul. Il est encore trop tôt. S'il part je vais devoir baisser le rideau.

J'ai le blues ce soir. Plus que d'habitude. Peut-être parce que c'est la fin de l'été, et qu'avec le mauvais temps qui va pointer son nez y aura encore moins de monde. Ça me donne envie de fumer. J'ai arrêté pour Sylvie il y a trois ans. Six mois après, elle se tirait. Je sais pas comment j'ai fait, mais j'ai pas repris. Pourtant, j'en crève d'envie. André me dit qu'y a plus rien qui me retient… Oui, mais si elle revient ? Y a pas un matin où je l'imagine pas pousser la porte du café. Mais là, juste sentir l'odeur de la fumée qui s'envole…

J'entends des bruits de talons sur le bitume, et un rire de femme. Ça pourrait être le sien. J'ose pas tourner la tête vers la rue. J'entends que la femme parle à quelqu'un. Elle doit être au téléphone. Je jette un œil. Elle s'est arrêtée devant la porte restée ouverte. Elle hésite. Elle est belle. Elle est jeune. Elle range son portable dans son sac. Elle monte les deux marches et son regard balaye mon pauvre petit bar triste et sinistre. Je cherche à lui faire mon plus beau sourire et je coupe la télé. André lève son verre et lui lance ce que je devine être un « Bienvenue ». Elle va déguerpir, c'est sûr, en voyant l'ambiance. Un dépressif et un pochetron.

Mais non, la voilà qui s'accoude au bar et me rend mon sourire.

« Bonsoir, est-ce qu'il est encore possible de boire un verre ? Je vais être rejointe par quelques amis. »

Mon cœur manque un battement. Ses vingt ans, son regard franc me redonnent vie. Elle me fait l'effet d'un défibrillateur.

« Bien sûr ! Installez-vous où vous voulez.

– En terrasse, je veux bien. On peut rapprocher les tables ? »

Je m'exécute en chantonnant. Ça la fait sourire. Elle prend son téléphone et envoie un texto.

Il fait tout à fait nuit à présent, mais sa présence éclaire ma terrasse et la rue.

« Je peux vous demander un demi-pression ? Et deux planches de charcuterie. On n'a pas dîné avec les copains. »

Déjà, je les entends qui arrivent. Ils sont cinq qui, dans un joyeux bruit de chaises et de tables qu'on tire, viennent prendre place à côté de leur amie.

Je suis projeté quelques années en arrière, quand mon bar était plein de jeunes et de vie. Quand je connaissais les prénoms de tous et que tous venaient me raconter leurs peines et leurs joies. Pour Sylvie et moi, ils étaient un peu les gosses qu'on n'avait pas eus. On leur faisait une place dans le fond pour qu'ils révisent leur bac, qu'ils se roulent des pelles tranquilles. Quelquefois même, le samedi soir, ça finissait par danser. Et là, en voyant la fille et ses copains rire et parler fort, j'ai envie de chialer. Chialer sur ma vie qui ne sert plus à grand-chose, sur mon bar qui raconte plus d'histoires, sur Sylvie qui se dore la pilule à Cannes, sur André qui est mon dernier client, sur mes rêves que j'ai laissés filer, sur les vacances que je n'ai jamais prises.

À force de retenir mes larmes, mes paupières me brûlent. J'ai pas remarqué que la jeune fille me regarde depuis un moment. Elle se lève et me rejoint au bar. Elle me sourit encore une fois et m'éclabousse de sa lumière.

« Je m'appelle Nora. On est tous en coloc' dans un grand appart à deux rues. Je cherchais un bar sympa où on pourrait se retrouver. Vous êtes ouvert tous les soirs ? »

Alors depuis, j'ai plus mal au dos. Ni à l'âme, ni au cœur. Nora et sa bande y ont pris toute la place et attirent même par leurs éclats de rire quelques anciens habitués et des jeunes du quartier. Je suis, comme ils disent, « le dernier bastion ». La télé est éteinte pour ne s'allumer que les soirs de match. Ils choisissent dès qu'ils arrivent la musique qu'ils aiment. Ça chante et ça danse. Ils sont chez eux et m'ont rendu mon chez-moi. Même André boit moins, toute cette jeunesse lui a redonné l'envie d'avoir envie d'une autre vie. Il aime bien citer Johnny, ou Schopenhauer, ça dépend. Cette jeunesse semble vouloir créer un monde meilleur, un peu comme celui que j'ai connu gamin, mais en mieux.

Et puis hier, Nora est venue déjeuner avec sa tante…

Mon cœur a sursauté.

Remerciements

Merci à Aude Chevrillon, Alice Peuvot, Constance Roche et toute l'équipe des Pérégrines.

Merci à Jérôme Monod, Baptiste Pecriaux, Pierre Wiazemsky, Franck Spengler, Camille Deforges.

Merci à Julien Sandrel.

Merci à Michel et Patrick Rotman, dont la série documentaire *Résistances*, sur Arte, et les réponses à mes questions ont nourri le chapitre sur les bistrots pendant l'Occupation.

Merci à Michel Lambersens.

Merci à Louis Garrel, Valérie Perrin, Bruno Solo, Arielle Dombasle, Valérie Solvit, Éric Pfalzgraf, Loulou Robert, Jérôme Attal, Erwan Larher, Jean

Benguigui, Jean-Claude Casadesus, Nathalie Rykiel, Guy Savoy, Lionel Jospin, Pierre Passebon.

Merci à tous ces cafés qui m'ont vue grandir, aimer, pleurer et rire.

Bonnes adresses

AIX-EN-PROVENCE

Le Gaulois *197*
34, rue Jacques
de la Roque

ARS-EN-RÉ

**Café du
Commerce** *96-102; 193*
6, quai de la Pree

**Les Frères
de la Côte** *193*
5793, route de la Grange

BORDEAUX

Le Grand Bar Castan *87-88*
2, quai de la Douane

CINTEGABELLE

Le Gabelois *203*
3, rue de la République

HOUDAN

Café de la Paroisse *82-83*
66, Grande Rue

LYON

Café du Soleil *166*
2, rue Saint-Georges

Le Garet *119*
7, rue du Garet

**Le Grand Café
des Négociants** *90*
1, place Francisque Régaud

La Mère Brazier *182-183*
12, rue Royale

MÂCON

Café de l'Hôtel de Bourgogne *123*
6, rue Victor Hugo

MARSEILLE

Le Nouveau Péano *92-93*
16, rue Fortia

MONTMORILLON

Café de la Victoire *111-112*
17, place de la Victoire

Café du Commerce *203-206*
Place République

LE MONT-SAINT-MICHEL

La Mère Poulard *183*
18, Grande Rue

PARIS 1er

Au Petit Bar *177*
7, rue du Mont-Thabor

Au Vieux Châtelet *86*
1, place du Châtelet

Café Mademoiselle *147-148*
21, rue Duphot

Le Nemours *86*
2, place Colette

Le Zimmer *122-123*
1, place du Châtelet

PARIS 2e

Le Bougainville *19, 174, 184*
5, rue de la Banque

Café du Croissant *92*
146, rue Montmartre

Chez Carmen *184*
53, rue Vivienne

PARIS 3e

L'Art brut *177*
78, rue Quincampoix

L'Attirail *176*
9, rue au Maire

Strada Café *195*
94, rue du Temple

PARIS 4e

Les Chimères *190*
133, rue Saint-Antoine

Les Deux Palais *103-106*
3, boulevard du Palais

Le Dindon en laisse *211-217*
18, rue Beautreillis

L'Éléphant du Nil *216*
125, rue Saint-Antoine

PARIS 5e

Le Loulou *60*
90, boulevard Saint-Germain

PARIS 6e

Au Chai de l'Abbaye *17-22, 30, 174, 196*
26, rue de Buci

Au Petit Suisse *196*
16, rue de Vaugirard

Au Vieux Colombier *196*
65, rue de Rennes

Bar du Marché *32, 39, 194*
75, rue de Seine

Brasserie Lipp *74-75, 171*
151, boulevard Saint-Germain

Brasserie Lutetia *150-153*
42, boulevard Raspail

Café de Flore *65-74, 160, 191, 200*
172, boulevard Saint-Germain

Café Jade *31-36, 54, 210*
(anciennement Le Dauphin)
10, rue de Buci

Café de la Mairie *196*
8, place Saint-Sulpice

Café Madame *196*
25, rue de Vaugirard

Closerie des Lilas *75-78, 120*
171, boulevard du Montparnasse

Les Deux Magots *26, 72-74, 163, 171*
6, place Saint-Germain-des-Prés

Le Danton *187-188*
103, boulevard Saint-Germain

La Fontaine Saint-Michel *29-30*
11, place Saint-Michel

La Gentilhommière *209*
15, place Saint André-des-Arts

Le Latin *39*
36, rue Saint-André-des-Arts

Les Optimistes *175*
52, rue d'Assas

Le Procope *15, 24, 50, 62-64, 72*
13, rue de l'Ancienne Comédie

PARIS 7e

Le Rouquet *196, 203*
188, boulevard Saint-Germain

PARIS 8e

Le Colibri *117-118, 147*
8, place de la Madeleine

Le Drugstore *141, 169-172*
133, avenue des Champs-Élysées

Lasserre *121*
17, avenue Franklin Roosevelt

PARIS 9e

Café de la Paix *193*
5, place de l'Opéra

Corso *200*
10, avenue Trudaine

Édouard VII *145*
13, place Édouard VII

Grand Café Capucines *159*
4, boulevard des Capucines

PARIS 10e

Chez Jeannette *174*
47, rue du Faubourg Saint-Denis

Le Mauri 7 *174*
46, rue du Faubourg Saint-Denis

PARIS 11e

La Belle Équipe *162*
92, rue de Charonne

Café Charbon *133*
109, rue Oberkampf

Pause Café *164*
41, rue de Charonne

PARIS 13e

Les Cailloux *163*
58, rue des Cinq Diamants

PARIS 14e

La Coupole *79-80*
102, boulevard du Montparnasse

Le Dôme *68, 79, 164*
108, boulevard du Montparnasse

PARIS 16e

Le Malakoff *199*
6, place du Trocadéro

PARIS 18e

Bistrot La Renaissance *164*
112, rue Championnet

La Bonne Franquette *177-178*
18, rue Saint-Rustique

Les Deux Moulins *160*
15, rue Lepic

La Mère Catherine *12*
6, place du Tertre

Le Reinitas *175-176*
18, rue du Poteau

PARIS 19e

Le Barouf *179*
115, rue de Belleville

PARIS 20e

Aux Folies *179*
8, rue de Belleville

SANARY-SUR-MER

Brasserie de la Marine *119*
8, quai Charles de Gaulle

Café de Lyon *119*
1, rue Félix Pijeaud

Le Nautique *119*
6, promenade Général
Charles de Gaulle

TOULOUSE

Le Bibent *90-91*
5, place du Capitole

TOURS

Café Collette *195*
24, rue du Docteur Bretonneau

Cubrik *195*
15, rue du Change

VERDELAIS

Les Pèlerins *108-109*
24, place Les Allées

Poursuivez l'immersion
dans les bistrots avec la playlist
« Les cafés en chansons » !

Table des matières

Les cafés, les bistrots, les troquets. 7
Les petits noms des cafés 11
Le Chai de l'Abbaye 17
Le café, une spécificité française ?. 23
Les premiers cafés 29
Les cafés de jeunesse 39
Petite histoire du café 47
Les cafés et ceux qui y travaillent 49
Hier encore j'avais vingt ans… 53
Les grands cafés parisiens. .61
Fumée. 81
Dame Guitaut. 85

Les grands cafés de France 87
Le café des vacances. 95
Les Deux Palais 103
Malagar. 107
Tiercé 111
Les bistrots de la Résistance 115
Les cafés en chansons. 127
Les femmes et les bistrots. 139
Johnny 143
Les bars d'hôtel 149
Les troquets du cinéma 159
Les drugstores 169
Les bistrots de quartier 173
Les tenancières 181
Les cafés des autres 187
Le café des larmes 207
Michel et Le Dindon. 211
La complainte du bar-tabac 219
Remerciements 229
Bonnes adresses 231

Dans la même collection

Petit éloge de la gentillesse, Emmanuel Jaffelin
Petit éloge du charme, Harold Cobert
Petit éloge des saisons, Pierre Pelot
Petit éloge du catholicisme français, Jean-François Bouthors
Petit éloge de David Bowie, Daniel Salvatore Schiffer
Petit éloge de l'enfant, Pierre Lassus
Petit éloge de la course cycliste, Jean Cléder
Petit éloge des gares, Pierre Lassus
Petit éloge du surf, Joël de Rosnay
Petit éloge de Tintin, Jacques Langlois
Petit éloge de la gourmandise, Nicolas d'Estienne d'Orves
Petit éloge de la gratitude, Olympia Alberti
Petit éloge du baiser, Jérôme Attal,
Petit éloge du running, Cécile Coulon
Petit éloge de la jouissance féminine, Adeline Fleury
Petit éloge de la chanson française, Didier Tronchet
Petit éloge des anti-héroïnes de séries, Anaïs Bordages et Marie Telling
Petit éloge de la médiocrité, Guillaume Meurice
Petit éloge du transat, Vanessa Postec
Petit éloge du rugby, Ludovic Ninet
Petit éloge des chats, Jérôme Attal

Pour limiter l'empreinte environnementale de leurs livres, Les Pérégrines font le choix de papiers issus de forêts gérées durablement et de sources contrôlées.
Imprimé en Bulgarie par Pulsio en décembre 2023 sur du papier Hellefoss pour l'intérieur et Rives tradition blanc naturel pour la couverture.

Dépôt légal : février 2024
ISBN : 979-10-252-0608-9